BASTEI
LÜBBE

Von Ephraim Kishon erschienen bei BASTEI-LÜBBE:

12016 Kishon für alle Fälle
12032 Kishon für Steuerzahler
12265 Der Fuchs im Hühnerstall
12299 Dreh'n Sie sich um, Frau Lot!
12331 Mein Freund Jossele
12432 Der seekranke Walfisch
12452 Nichts zu lachen

KISHON

Wie unfair, David!

Ins Deutsche übertragen
von Friedrich Torberg

BASTEI
LÜBBE

BASTEI-LÜBBE-TASCHENBUCH
Band 12466

Lizenzausgabe: Gustav Lübbe Verlag GmbH,
Bergisch Gladbach
Printed in Germany März 1996
Einbandgestaltung: Roland Winkler
unter Verwendung eines Fotos
von Isolde Ohlbaum
Druck und Bindung: Ebner Ulm
ISBN 3-404-12466-9

Inhalt

Es ist eine altbekannte Tatsache, daß in einem Volk von Pionieren manche Berufszweige nur mangelhaft besetzt sind. Die ersten Siedler auf dem nordamerikanischen Kontinent waren, wie aus den einschlägigen Geschichtsbüchern hervorgeht, Farmer, Spekulanten, Goldgräber oder Abenteurer; von Installateuren liest man kein Wort. Ähnlich verhält es sich bei uns: wir sind glatt imstande, einen Krieg gegen die vereinigten Armeen sieben arabischer Staaten zu gewinnen – aber wie repariert man einen Wasserrohrbruch?

Gipfeltreffen mit Hindernissen

Kaum hatte die Winterkälte eingesetzt, als in der Wand meines Arbeitszimmers ein Wasserleitungsrohr platzte und ein dunkelbrauner Fleck auf der Tapete erschien. Ich ließ dem Rohr zwei Tage Zeit, sich von selbst in Ordnung zu bringen. Das geschah jedoch nicht. So blieb mir nichts übrig, als mich an unseren Installateur zu wenden.

Der legendäre Platschek lebte in Holon und ist nur sehr schwer zu erreichen. Ein glücklicher Zufall ließ mich im Fußballstadion seiner ansichtig werden, und da seine Mannschaft gewonnen hatte, erklärte er sich bereit, am nächsten Tag zu kommen, vorausgesetzt, daß ich ihn mit meinem Wagen abholen würde, und zwar um halb sechs Uhr früh, bevor er zur Arbeit ginge. Auf meine Frage, warum es denn so früh am Morgen sein müsse und ob denn das, was er bei mir zu tun hätte, keine Arbeit sei, antwortete Platschek: nein.

Pünktlich zur vereinbarten Stunde holte ich ihn ab. Er betrat mein Zimmer, warf einen flüchtigen Blick auf die feuchte Mauer und sagte:
»Wie soll ich an das Rohr herankommen? Holen Sie zuerst einen Maurer und lassen Sie die Wand aufstemmen!«
Damit verließ er mich, nicht ohne indigniert darauf hinzuweisen, daß er meinetwegen einen ganzen Arbeitstag verloren hätte. Ich blieb zurück, allein mit einem braunen Fleck auf der Wand und der brennenden Sehnsucht nach einem Maurer. Ich kenne keinen Maurer. Ich weiß auch nicht, wo man einen Maurer findet. Wie sich zeigte, wußte das auch keiner meiner Freunde, Nachbarn, Bekannten und Kollegen. Schließlich empfahl mir jemand, dessen Bruder in einem Maklerbüro tätig war, einen Allround-Handwerker namens Gideon, der irgendwo in der Nähe von Bat Jam wohnte.
Auf Grund dieser präzisen Angaben hatte ich Gideon noch vor Einbruch der Dämmerung aufgespürt und erfuhr, daß er erst nach der Arbeit, frühestens um neun Uhr abends, zu mir kommen könnte. Ich holte Gideon um neun Uhr abends ab. Gideon begutachtete die Mauer und sagte:
»Soll ich vielleicht die Mauer aufstemmen, damit mir sofort das ganze Wasser ins Gesicht schwappt? Holen Sie zuerst einen Installateur, der den Haupthahn sperrt!«
Ich erbleichte. So etwas hatte ich die ganze Zeit befürchtet und hatte es nicht wahrhaben wollen: daß ich auf die gleichzeitige Anwesenheit beider Experten angewiesen war, daß Platschek ohne Gideon nicht an das Rohr herankommt und Gideon ohne Platschek naß wird. Die Zwillinge mußten bei mir zusammentreffen.

Wie leicht sich das hinschreibt: »Sie mußten zusammentreffen.« Papier ist geduldig. In Wirklichkeit überstieg schon die bloße Planung des Treffens alle mir zur Verfügung stehende Vorstellungskraft. Das Weltraum-Rendezvous von Gemini 6 und 7 war ein Kinderspiel dagegen. Gemini 6 und 7 operierten nach einem genau berechneten, bis auf den Bruchteil einer Sekunde koordinierten Plan. Platschek jedoch hatte nur am Morgen Zeit und Gideon nur am Abend.

Zweimal durchwanderte ich die fruchtbare Ebene von Holon und dreimal die Dünen von Bat Jam, um Platschek und Gideon aufeinander abzustimmen. Vergebens. Der von mir vorgeschlagene Kompromiß zwischen den extremen Zeitpunkten »5.30« und »21.00« strebte ein Treffen um 13.15 an, wurde aber von beiden Seiten entrüstet zurückgewiesen.

Zögernd stellte ich den Ausweg einer kleineren Sabbat-Entweihung zur Debatte. Platschek war einverstanden, aber Gideon geht am Samstag mit seinen Kindern spazieren, er hat viel zu tun und sieht sie die ganze Woche nicht. Schluß, aus.

Der braune Fleck auf meiner Wand wurde größer und größer. Ich mußte die Verhandlungen mit der Achse Holon–Bat Jam wieder aufnehmen. Als ich dann eines Abends mit blaugefrorener Nase und tränenden Augen bei Gideon eintrat, übermannte ihn das Mitleid. Er zog sein Vormerkbüchlein heraus, blätterte lange hin und her und wiegte den Kopf:

»Hier wäre eine Möglichkeit«, sagte er. »Am 26. April ist der Unabhängigkeitstag. Der fällt heuer auf einen Montag. Ich werde von Samstag bis Montag ein verlängertes Wochenende einschalten und am Sonntag nicht zur Arbeit gehen. Wenn Ihnen also der 25. April recht ist . . .«

Ich bejahte jauchzend und sauste nach Holon hinüber. Dort war es mit dem Jauchzen vorbei. Platschek erklärte dezidiert, daß er am 25. April wie üblich zur Arbeit gehen würde. Warum sollte er am 25. April nicht wie üblich zur Arbeit gehen?

»Weil«, brachte ich mühsam hervor, »weil ich dann nicht mehr weiß, was ich machen soll, Platschek.«

»Es wird sich schon etwas finden«, sagte Platschek mit unerschütterlichem Optimismus.

Und wirklich, es fand sich schon etwas. Die Vorsehung meinte es gut mit mir. Wie von ungefähr äußerte der legendäre Platschek, daß er am Dienstag kommender Woche bei seinem Schwager in der Levontin-Straße zum Abendessen eingeladen sei, und das ließe sich vielleicht mit einem Blitzbesuch bei mir verbinden, vielleicht um halb acht. Ich umarmte ihn, legte in Rekordzeit den Weg nach Bat Jam zurück, drang bei Gideon ein und rief ihm von der Tür entgegen:

»Platschek kommt Dienstag abend.«

»Dienstag abend«, erwiderte Gideon gelassen, »gehe ich zu ›My Fair Lady‹.«

Ich knickte zusammen.

»Vielleicht«, stotterte ich, »vielleicht wäre es möglich, daß Sie an einem andern Tag zu ›My Fair Lady‹ gehen? Ich meine nur. Wenn es vielleicht möglich wäre.«

»Soll sein. Aber ich denke nicht daran, mir wegen der Karten die Füße abzurennen. Das müssen *Sie* machen.«

Nun, soviel verstand sich wohl von selbst: daß es meine Sache war, die Karten umzutauschen. Es war ja auch meine Mauer, wo der braune Fleck schon bis zur Decke reichte. Daß es für »My Fair Lady« nur sehr schwer Karten gab, besonders Umtauschkarten, entmutigte mich nicht. Nach dreitägigen pausenlosen Bemühungen gelang es mir denn auch, Gideons Karten auf den 21. Dezember umzulegen. Ich eilte sofort mit der Freudenbotschaft zu ihm.

Sie wurde von Gideons Frau mit Kopfschütteln aufgenommen. Am 21. Dezember endete das Chanukkah-Fest, und da würde Großmama die Kinder zurückbringen, denn die Kinder verbrachten das Chanukkah-Fest bei Großmama.

»Könnten vielleicht«, wagte ich vorzuschlagen, »könnten die Kinder vielleicht einen Tag früher zurückkommen?«

»Warum nicht?« meinte Frau Gideon gutherzig. »Wenn's die Großmama erlaubt . . .«

Großmama lebt unweit von Tel Aviv. Sie ist eine freundliche, weißhaarige Dame, liebenswürdig und hilfsbereit, aber am Sabbat benützt sie keine Fahrzeuge. Und der 21. Dezember fiel auf einen Sabbat.

»Ich selbst würde es ja nicht so genau nehmen«, sagte Großmama. »Aber mein seliger Mann war sehr religiös.«

Und weil ihr seliger Mann sehr religiös war, sollte jetzt mein Haus zerbröckeln und versumpfen? Ich versuchte sie zu überzeugen, daß ihre Sünde nicht gar so groß wäre, und wenn ihr seliger Mann noch lebte, wäre er ganz gewiß damit einverstanden, die lärmende Brut am

Sabbat loszuwerden, zumal da ein Auto eigens herauskäme, um sie abzuholen. Gratis.

»Nein, nein, nein«, beharrte die starrköpfige alte Hexe. »Am Sabbat fahre ich nicht. Das müßte mir unser Rabbi ausdrücklich bewilligen.«

Unser Rabbi weilte in einem Erholungsheim im südlichen Galiläa. Ich fand ihn im Garten, lustwandelnd.

»Ehrwürdiger Rabbi«, begann ich. »Wenn Großmutter die Kinderchen am Sabbat nach Hause bringt, kann Gideon am 21. Dezember ins Theater gehen. Damit wird er frei für das Zwillings-Gipfeltreffen mit dem legendären Platschek, am nächsten Dienstag um halb acht Uhr abends. Und das ist mindestens so wichtig wie die Rettung eines Menschenlebens, für die auch der Strenggläubige die Sabbatruhe brechen darf, nein, muß ...«

Der Rabbi gehörte zum aufgeklärten Flügel des israelischen Klerus. Nachdem ich eine größere Summe zur Errichtung einer neuen Talmud-Thora-Schule gestiftet hatte, wurde die Sabbatdispens für Großmutter ordnungsgemäß ausgestellt, und Großmutter gab nach.

Siegestrunken fuhr ich zu Platschek, siegestrunken rief ich ihm entgegen:

»Der Maurer kommt am Dienstag.«

»Zu dumm«, sagte Platschek. »Mein Schwager hat die Einladung auf Mittwoch verschoben.«

Am Dienstag nämlich mußte der Schwager, wie sich plötzlich erwiesen hatte, einer Versammlung des Elternrats in der von seinen Kindern frequentierten Schule beiwohnen. Und inzwischen hatten sich die braunen Wasserflecken schon über die ganze Decke ausgebreitet.

»Meinetwegen, Herr Kishon«, brummte der Schwager.

»Wenn Sie es einrichten können, daß die Sitzung verschoben wird – warum nicht?«
Nein, wirklich, ich kann mich nicht beklagen. Jedermann war bereit, mir zu helfen, jedermann tat sein Bestes. Hoffnungsvoll eilte ich zum Schuldirektor. Er bedauerte lebhaft: die Einladungen für Dienstag waren schon ausgeschickt.
Ich ging von Haus zu Haus. Achtzehn Eltern erklärten sich sofort mit Donnerstag einverstanden, nur vier machten Schwierigkeiten. Am hartnäckigsten zeigte sich Frau Olga Winternitz, die für Donnerstag mehrere Familien zu Gast geladen hatte. Drei der Geladenen waren ohne weiteres bereit, am Freitag zu kommen, einer erklärte sich dazu mangels Beförderungsmittels außerstande, zwei Mütter hatten keine Babysitter und ein Junggeselle hatte eine wichtige Verhandlung in Sachen seines Konkurses. Alle diese Schwierigkeiten wurden von mir Schritt für Schritt aus der Welt geschafft. Das Beförderungsproblem löste ich, indem ich einen Autobus mietete. Meine Schwester ging als Babysitter zu der einen Dame, die andere Dame ermordete ich und vergrub den Leichnam im Garten. Die Konkursverhandlung wurde abgesagt, da ich die Schulden des Geschäftsmannes übernahm. Auf diese Weise konnte der Elternrat am Donnerstag zusammentreten, und dem Gipfeltreffen der Zwillinge am Dienstagabend stand nichts mehr im Wege.
Pünktlich um halb acht begann ich zu warten. Ich wartete zwei Stunden. Niemand kam. Kurz vor Mitternacht erschien Platschek, der unsere Verabredung irgendwie mißverstanden und bei seinem Schwager das

Abendessen eingenommen hatte, ehe er zu mir kam, statt umgekehrt. Gideon kam ohne nähere Angaben von Gründen überhaupt nicht. Wahrscheinlich hatte er vergessen.

Zum Glück war der Wasserfleck nicht mehr von der Wand zu unterscheiden, denn die Wand war mittlerweile verschwunden und hatte nur den Fleck zurückgelassen.

Ich verkaufte die Wohnung, erwarb eine neue und wunderte mich, daß mir diese einfache Lösung nicht früher eingefallen war.

Die Gastfreundschaft gehört im Vorderen Orient zu den heiligsten Geboten. Ein Beduinenscheich, bei dem du eingekehrt bist, wird dich – auch wenn du monatelang bleibst – nie zum Aufbruch mahnen. Leider ist die Zahl der Beduinenscheichs unter den Oberkellnern von Tel-Aviv sehr gering.

Sperrstunde

Das Theater hatte um acht Uhr abends begonnen. Kurz vor elf war es zu Ende. Wir hatten noch keine Lust, schlafen zu gehen. Unschlüssig schlenderten wir die hell erleuchtete Dizengoffstraße hinunter.
»Laß uns noch eine Tasse Tee trinken«, sagte die beste Ehefrau von allen. »Irgendwo.«
Wir betraten das nächste Café-Restaurant, ein kleines, intimes Lokal mit diskreter Neonbeleuchtung, einer blitzblanken Espressomaschine und zwei Kellnern, die sich gerade umkleideten. Außer uns war nur noch ein glatzköpfiger Mann vorhanden, der mit einem schmutzigen Fetzen die Theke abwischte. Bei unserem Eintritt sah er auf seine Uhr und brummelte etwas Unverständliches zu einem der beiden Kellner hinüber, der daraufhin seinen Rock wieder auszog und in ein Jackett von unbestimmter Farbe schlüpfte; irgendwann einmal muß es weiß gewesen sein.
Die Luft war mit Sozialproblemen geladen. Aber wir taten, als wäre es eine ganz normale Luft und ließen uns an einem der Tische nieder.
»Tee«, bestellte ich unbefangen. »Zwei Tassen Tee.«
Der Kellner zögerte, dann öffnete er die Türe zur Küche und fragte mit demonstrativ angewiderter Stimme:

»Ist das Wasser noch heiß?«

Unterdessen schob draußen auf der Terrasse der andere Kellner die Tische zusammen, mit harten, präzisen Rukken, deren Staccato den unerbittlichen Ablauf der Zeit zu skandieren schien.

Der Tee schwappte ein wenig über, als der erste Kellner die beiden Tassen vor uns hin knallte. Aber was verschlug's. Wir versuchten, die farblose Flüssigkeit durch emsiges Umrühren ein wenig zu wärmen.

»'tschuldigen!«

Es war der Glatzkopf. Er hob das Tablett mit unseren beiden Tassen und nahm das fleckige Tischtuch an sich. Nun, auch der Tisch als solcher war nicht ohne.

Der erste Kellner hatte den unterbrochenen Kostümwechsel wieder aufgenommen und stand jetzt in einem blauen Regenmantel zwischen der Türe. Er machte den Eindruck, als wartete er auf etwas. Der zweite Kellner war mit dem Zusammenfalten der Flecktücher fertig geworden und drehte die Neonlichter ab.

»Vielleicht«, flüsterte ich meiner Ehefrau zu, »vielleicht möchten sie, daß wir gehen? Wäre das möglich?«

»Es wäre möglich«, flüsterte sie zurück. »Aber wir müssen es ja nicht bemerken.«

Wir fuhren fort, an unserem im Halbdunkel liegenden Tisch miteinander zu flüstern und nichts zu bemerken. Auch das Tablett mit der Rechnung, das mir der Regenmantelkellner kurz darauf unter die Nase hielt, nahm ich nur insoweit zur Kenntnis, als ich es beiseite schob.

Der Glatzkopf nahm das schicke Hütchen meiner Ehefrau vom Haken und legte es mitten auf den Tisch. Sie lohnte es ihm mit einem freundlichen Lächeln:

»Vielen Dank. Haben Sie Kuchen?«
Der Glatzkopf erstarrte mit offenem Mund und wandte sich zum zweiten Kellner um, der vor dem großen Wandspiegel seine Haare kämmte. Es herrschte Stille. Dann verlor sich der erste Kellner, der mit dem blauen Regenmantel, im dunklen Hintergrund, tauchte wieder auf und warf uns einen käsigen Klumpen vor, der beim Aufprall sofort zerbröckelte. Eine Gabel folgte klirrend. Meine Gattin konnte das Zittern ihrer Hände nicht unter Kontrolle bekommen und ließ die Gabel fallen. Da sie nicht mehr den Mut hatte, eine neue zu verlangen, tat ich es an ihrer Stelle. Wenn Blicke töten könnten, wäre jede ärztliche Hilfe zu spät gekommen.
Die Neonlichter wurden einige Male in rascher Folge an- und abgeschaltet. Das gab einen hübschen Flackereffekt, der uns aber nicht weiter beeindruckte. Auch die Tatsache, daß der Glatzkopf sich gerade jetzt vergewissern mußte, ob der Rollbalken vor der Eingangstüre richtig funktionierte, ließ uns kalt.
Aus der Küche kam eine alte, bucklige Hexe mit Kübel und Besen hervorgeschlurft und begann den Boden zu waschen. Warum sie damit bei unserem Tisch begann, weiß ich nicht. Jedenfalls hoben wir, um ihr keine Schwierigkeiten zu machen, die Füße und hielten sie so lange in die Luft, bis die Hexe weiterschlurfte.
Der gekämmte Kellner hatte um diese Zeit fast alle Stühle auf die dazugehörigen Tische gestellt. Eigentlich fehlten nur noch die unseren.
»Warum sagen sie uns nicht, daß wir gehen sollen?« fragte ich meine Frau, die in solchen Fällen meistens die richtige Antwort weiß.

»Weil sie uns nicht in Verlegenheit bringen wollen. Es sind höfliche Leute.«

Im Orient wird das Gastrecht heiliggehalten, auch heute noch. Mit uralten Traditionen bricht man nicht so leicht.

Der erste Kellner stand bereits draußen auf der Straße, von wo er uns aufmunternde Blicke zuwarf. Der zweite half dem Glatzkopf soeben in den Mantel. Der Glatzkopf öffnete einen kleinen schwarzen Kasten an der Wand und tauchte mit zwei knappen Handgriffen das Lokal in völliges Dunkel. Im nächsten Augenblick spürte ich die Sitzfläche eines Stuhls auf meinem Rücken.

»Könnte ich ein paar Zeitschriften haben?« hörte ich meine Frau sagen. Ich tastete durch die Dunkelheit nach ihrer Hand und drückte sie anerkennend.

Ein Zündholz flammte auf. In seinem schwachen Schein kam der Glatzkopf auf uns zu:

»Sperrstunde. Wir schließen um Mitternacht.«

»Ja aber – warum haben Sie das nicht gleich gesagt?« fragte ich. »Woher sollen wir das wissen?«

Wir ließen die Stühle von unseren Rücken gleiten, standen auf und rutschten über den nassen Fußboden hinaus. Nachdem wir ein wenig ins helle Straßenlicht geblinzelt hatten, sahen wir nach der Uhr. Es war genau 20 Minuten vor 12.

Das Klima in unserem Land ist streng geregelt und beinahe ein Fall von Modellplanung: neun Monate totaler Sommer mit ungetrübter Sonne und wolkenlosem Himmel, zwei Übergangsmonate, und nur ein einziger Monat mit Regen, der aber nicht ganz ernst zu nehmen ist. Infolgedessen ist die Institution des Regenschirms noch nicht in das Bewußtsein unserer Nation gedrungen. Selbst ehemalige Europäer, die dann und wann mit einem Regenschirm ausgehen, kommen immer ohne Regenschirm zurück.

Wettervorhersage: Neigung zu Regenschirmverlusten

Das ist heuer wirklich ein unmöglicher Winter. Man weiß nicht: hat er endlich begonnen, oder ist er schon vorüber? Manchmal ballen sich dunkle Wolken am Himmel zusammen, ein sibirischer Wind heult durch die Gegend – zehn Minuten später scheint die Sonne, als wäre nichts geschehen – und wird nach weiteren fünf Minuten durch einen kleinen Platzregen oder durch ein Lokalgewitter abgelöst. In solchen Zeiten empfiehlt es sich nicht, das Haus ohne Regenschirm zu verlassen. Zumindest war das der Standpunkt meiner Gattin, als ich mich anschickte, unseren Wagen aus »Mike's Garage« abzuholen, wo er sich in Reparatur befand.

»Nimm meinen Regenschirm, Liebling«, sagte sie. »Aber bitte, verlier ihn nicht!«

Jedesmal, wenn ich mit einem Regenschirm das Haus verlasse, wiederholt sie diese völlig überflüssige Mahnung. Wie ein Papagei. Wofür hält sie mich? Für ein unmündiges Kind?

»Teuerste«, sagte ich mit einem unüberhörbar sarkastischen Unterton, »wann habe ich jemals meinen Regenschirm verloren?«

»Vorgestern«, lautete die prompte Antwort. »Eben deshalb möchte ich nicht, daß du jetzt auch noch meinen verlierst.«

Dieser Triumph in ihrer Stimme? Mit welchem Genuß sie mir unter die Nase reibt, daß ich meinen Regenschirm zufällig irgendwo stehenließ und daß ich jetzt den ihren nehmen muß! Obendrein beleidigt sie damit meine männliche Würde, weil ihr Regenschirm geradezu aufreizend feminin wirkt: klein, gebrechlich, blaßblau und statt eines anständigen Griffs ein Hundekopf aus Marmor oder Elfenbein oder was weiß ich. Angewidert nahm ich das Wechselbalgerzeugnis an mich und begab mich in den strömenden Regen.

Es muß nicht erst gesagt werden, daß das Wetter, als ich dem Autobus entstieg, sich wieder in ein völlig sommerliches verwandelt hatte. Der Himmel war klar, die Bäume blühten, die Vöglein zwitscherten, die Sonne schien, und ich ging mit einem Damenregenschirm unterm Arm durch die Straßen.

Der Wagen war noch nicht fertig. Mike hatte noch etwas im Getriebe entdeckt. Aber es würde nicht mehr lange dauern.

Den Heimweg benützte ich, um auf der Bank etwas Geld zu beheben.

Anschließend nahm ich kurzen Aufenthalt im Café California, plauderte mit Freunden über die Krise der zeitge-

nössischen Theaterkritik und traf pünktlich um 13 Uhr 45 zu Hause ein.
Die Frage, mit der meine Frau mich empfing, lautete:
»Wo ist der Regenschirm?«
Tatsächlich: wo war er? Ich hatte ihn vollständig vergessen. Aber wo? Ruhige Überlegung tat not. Und schon kam die Erleuchtung:
»Er ist im ›California‹! Ich erinnere mich ganz deutlich, daß ich ihn zwischen meinen Knien versteckt hielt, damit ihn niemand sieht. Natürlich. Ich hole ihn sofort, Liebling. In zwei Minuten bin ich zurück.«
Durch den Regen, der inzwischen aufs neue eingesetzt hatte, sauste ich zum Bus. Während der Fahrt hatte ich Zeit, über die Engländer nachzudenken, die ohne Regenschirm keinen Schritt machen und ihn auch dann nicht verlieren, wenn der Regen aufhört. Auf diese Weise haben sie ein Empire aufgebaut, und auf diese Weise haben sie es wieder verloren. Man müßte der Wechselbeziehung zwischen Regenschirm und Weltgeschichte einmal genauer nachgehen ... Unter derlei globalen Gedanken kam ich an meinem Bestimmungsort an. Ich erwachte erst im letzten Augenblick, sprang auf, ergriff den Regenschirm und drängte zum Ausgang.
»He! Das ist mein Schirm!«
Der Ausruf kam von einer sehr dicken Dame, die während der ganzen Zeit neben mir gesessen war. In meiner Zerstreutheit hatte ich ihren Regenschirm genommen. Na und? So etwas kann vorkommen. Aber die sehr dicke Dame machte einen fürchterlichen Wirbel, bezeichnete mich als Taschendieb und drohte mir sogar mit der Polizei. Vergebens suchte ich ihr zu erklären, daß ich auf

ihren schäbigen Schirm nicht anstünde und mehrere eigene besäße, die strategisch über die ganze Stadt verteilt wären. Die sehr dicke Dame schimpfte ungerührt weiter, bis ich mich ihren Attacken durch die Flucht entzog.

Im »California« fand ich sofort den Regenschirm meiner Frau, oder genauer: dessen Überbleibsel. Man hatte ihn achtlos in eine Ecke geworfen und war barbarisch über ihn hinweggetrampelt, so daß er vor lauter Schmutz kaum wiederzuerkennen war. Was würde meine Frau sagen? Wirklich, das Leben in unserem Land wird in letzter Zeit immer schwieriger ...

»Siehst du«, rief ich mit forcierter Fröhlichkeit, als ich meiner Frau gegenüberstand. »Ich habe ihn gefunden.«

»*Was* hast du gefunden?«

»Deinen Regenschirm!«

»Das soll mein Regenschirm sein?«

Wie sich herausstellte, war der blaue Regenschirm inzwischen von der Bank zurückgeschickt worden. Jetzt fiel mir auch ein, daß ich ihn dort vergessen hatte. Natürlich, auf der Bank. Aber wem gehörte dann dieses schwarze, schmierige Zeug?

Das Telefon läutete.

»Hier ist der Oberkellner vom ›California‹«, sagte der Oberkellner vom »California«. »Sie haben meinen Regenschirm mitgenommen. Das ist nicht schön von Ihnen. Ich mache um drei Uhr nachmittag Schluß, und draußen regnet es.«

»Entschuldigen Sie. Ich bringe ihn sofort zurück.«

Die beste Ehefrau von allen legte abermals Symptome von Nervosität an den Tag.

»Nimm meinen Regenschirm«, sagte sie. »Aber bitte, verlier ihn nicht wieder.«
»Wozu brauche ich deinen Regenschirm? Ich hab ja den vom Kellner!«
»Und für den Rückweg, du Dummkopf?«
Haben Sie, verehrter Leser, jemals in einer heißen, sonnenüberglänzten Mittelmeerlandschaft zwei Regenschirme unterm Arm getragen, von denen der eine wie ein schadhafter schwarzer Fallschirm aussah und der andere in einen marmornen Hundekopf auslief? Die Wartenden an der Bushaltestelle konnten sich nicht satt sehen. Es war so peinlich, daß ich einen Schwindelanfall erlitt. Ich suchte eine nahe gelegene Apotheke auf, wo ich zwei Beruhigungstabletten einnahm und so lange warten wollte, bis es wieder zu regnen begänne. Mein Vorsatz scheiterte an dem mörderischen Hunger, der mich plötzlich überkam und mich in ein Buffet an der nächsten Ecke trieb. Dort konnte ich in aller Eile ein paar Brötchen ergattern, die ich dann im Bus verschlang.
Vor dem Café California wartete der Kellner und sah mich fragend an:
»Wo ist mein Regenschirm?«
Tatsächlich. *Er* fragte *mich*, wo sein Regenschirm ist. Wie soll ich das wissen? Was kümmert mich sein Regenschirm? Ich möchte wissen, wo der Regenschirm meiner Frau ist. Ich möchte wissen, warum alle Regenschirme der Welt sich in meiner Hand Rendezvous geben und dann spurlos verschwinden.
»Nur ein wenig Geduld«, beruhigte ich den Kellner. »Sie werden Ihren Regenschirm sofort haben.«
Ungeachtet des niederprasselnden Wolkenbruchs rannte

ich zur Haltestelle zurück. Schön, den Regenschirm meiner Frau habe ich also verloren, das bleibt in der Familie. Aber wie kommt der arme Kellner dazu?
Atemlos riß ich die Türe zur Apotheke auf:
»Ich ... hier ... vor ein paar Minuten ...«
»Weiß schon«, unterbrach mich der Apotheker. »Ist er das?«
Ich nahm den Schirm an mich und rannte weiter. Natürlich hätte ich nicht schwören können, daß es der Schirm meiner Frau war. Er sah ihm ähnlich, gewiß, aber er flößte mir trotzdem Zweifel ein. Schon deshalb, weil er grün war und als Griff keinen Elfenbeinmops hatte, sondern einen flachen Schnabel mit den eingravierten Worten: »Meiner Schwester Dr. Lea Pickler.« Es schien doch nicht ganz der Schirm meiner Frau zu sein. Aber irgend etwas mußte ich dem Kellner schließlich zurückbringen. Der Kampf ums Dasein ist hart. Nur die Tüchtigsten überleben. Heute du, morgen ich, es hilft nichts. Wenn du dich nicht wehrst, stehst du plötzlich ohne Regenschirm da. Angeblich werden im Depot der Städtischen Autobuslinien täglich frische Regenschirme verteilt. Jetzt geh hin und sage ihnen: »Ich habe meinen Regenschirm in einem Bus der Linie 94 stehenlassen!« 94 ist eine sehr stark befahrene Linie. »Ist das Ihr Schirm?« fragt ein Beamter der Fundabteilung. »Dieser Fetzen?« fragst du zurück. »Zeigen Sie mir etwas Besseres!« Und wenn du Glück hast – »Hallo, Sie!«
Der Buffetinhaber winkte mich in seinen Laden. Und da, in eine Ecke gelehnt, wie Bruder und Schwester, standen die beiden streunenden Schirme, der des Verbrechers vom Café California und der meiner Witwe.

Den Blick fest zu Boden gerichtet, reihte ich mich an der Bushaltestelle in die Schlange der Wartenden ein. Von meinem Arm baumelten drei Regenschirme, ein schwarzer, ein blauer und ein grüner. Wenn es wenigstens geregnet hätte! Aber woher denn, es herrschte schon wieder strahlendes Sommerwetter mit leicht auffrischendem Südwestwind. Ich rollte die drei Schirme in ein Bündel zusammen, als wäre ich ein Schirmvertreter, der mit seinen neuesten Mustern unterwegs ist. Aber das Volk der Juden hat in seiner langen Geschichte gelernt, sich nicht so leicht täuschen zu lassen. Mißtrauische Blicke trafen mich, und ein paar Halbwüchsige deuteten mit Fingern nach mir, wobei sie unverschämt kicherten. Eine feine Jugend, die uns da heranwächst!

Im Bus verdrückte ich mich ganz nach hinten, in der Hoffnung, daß man von meinen Schirmdrillingen keine Notiz nehmen würde. Die Umsitzenden enthielten sich auch wirklich aller Kommentare. Offenbar hatten sie sich bereits an mich gewöhnt.

Nach einigen Stationen wagte ich aufzublicken. Und da – da – mir gegenüber – direkt mir gegenüber ... um Himmels willen!

Die sehr dicke Dame. Dieselbe sehr dicke Dame, mit der ich schon einmal zusammengestoßen war. Sie fixierte mich. Sie fixierte meine drei Regenschirme. Und sie sagte:

»Guten Tag gehabt heute, eh?!«

Dann wandte sie sich an die Umsitzenden und erklärte ihnen den Sachverhalt: »Der Kerl schnappt Regenschirme, wo er sie sieht, und macht sich aus dem Staub. Ein gesunder junger Mensch, gut gekleidet, und stiehlt

Regenschirme, statt einen anständigen Beruf auszuüben. Eine Schande. Vor zwanzig Jahren hat es in unserem Land keine solchen Typen gegeben.«
Es folgte allgemeine Zustimmung mit anschließendem Tatendrang. »Polizei«, sagte jemand. »Man muß ihn der Polizei übergeben.«
Die Haltung der Menge wurde immer drohender. Mir blieb keine Rettung, als zum Ausgang zu flüchten und in höchster Eile den Bus zu verlassen. Mit einer gewaltigen Kraftanstrengung machte ich mir den Weg frei und warf mich hinaus in den Regen. Schützend hob ich die Hände über meinen Kopf . . .
Die Hände? Beide Hände?
In einem Wagen der Autobuslinie 5 sind drei Regenschirme auf dem Weg in die Ewigkeit.
Ich stehe mit geschlossenen Augen im Regen, ein später Nachfahre König Lears am Ende seines Lebens. Ich stehe und rühre mich nicht. Das Wasser rinnt in meinen Kragen, durch meine Unterwäsche, in meine Schuhe. Ich stehe und werde hier stehenbleiben, bis die Sintflut kommt oder der Frühling.

Oft werde ich gefragt: was ist es für ein Gefühl, unter lauter Brüdern zu leben? In einem Land, wo der Verteidungsminister Jude ist, der Oberste Richter Jude ist und der Verkehrspolizist Jude ist? Nun, was diesen letztgenannten betrifft, so freut man sich natürlich, daß man sein Strafmandat nicht von einem volksfremden Widersacher bekommt, sondern vom eigenen Fleisch und Blut, vom Bruder Verkehrspolizisten.
Manchmal ereignen sich allerdings leichte Fälle von Brudermord.

Strafmandat bleibt Strafmandat

Der Wüstenwind wehte feinen Sandstaub über die Boulevards und auf die Kaffeehausterrasse, wo ich mit meinem Freund Jossele saß. Die Luft war stickig, der Kaffee war ungenießbar. Mißmutig beobachteten wir das Leben und Treiben ringsum. Mit besonderem Mißmut erfüllte uns der Verkehrspolizist an der Kreuzung, unter dessen Schikanen die hartgeprüften Autofahrer hilflos leiden mußten.
»Genug«, sagte Jossele und stand auf. »Jetzt will ich's wissen. Die Polizei, dein Freund und Helfer. Laß uns sehen, wie weit es damit her ist.«
Er zog mich auf die Straße und schlug den Weg zur nächsten Polizeistube ein.
»Wo kann ich eine Übertretung der Verkehrsvorschriften melden?« fragte er den diensthabenden Polizeibeamten.
»Hier«, antwortete der Beamte. »Was ist geschehen?«
»Ich fuhr mit meinem Wagen die Schlomo-Hamelech-

Straße hinunter«, begann Jossele, »und parkte ihn an der Ecke der King-George-Straße.«
»Gut«, sagte der Beamte. »Und was ist geschehen?«
»Dann fuhr ich weiter.«
»Sie fuhren weiter?«
»Ja. Ich fuhr weiter und hätte die ganze Sache beinahe vergessen.«
»Welche Sache?«
»Eben. Als ich später wieder am Tatort vorbeikam, fiel es mir plötzlich ein. Um Himmels willen, dachte ich. Die Haltestelle!«
»Welche Haltestelle?«
»Die Autobushaltestelle. Wissen Sie nicht, daß sich an der Ecke Schlomo-Hamelech-Straße und King-George-Straße eine Autobushaltestelle befindet? Herr Inspektor! Ich bin ganz sicher, daß ich nicht in der vorgeschriebenen Entfernung von der Haltestelle geparkt habe. Es waren ganz sicher keine zwölf Meter.«
Der Beamte glotzte:
»Und deshalb sind Sie hergekommen, Herr?«
Jossele nickte traurig und ließ deutliche Anzeichen eines beginnenden Zusammenbruchs erkennen:
»Ja, deshalb. Ursprünglich wollte ich nicht. Du hast ja schließlich nur eine halbe Stunde geparkt, sagte ich mir, und niemand hat dich gesehen. Also wozu? Aber dann begann sich mein Gewissen zu regen. Ich ging zur Schlomo-Hamelech-Straße zurück, um die Parkdistanz in Schritten nachzumessen. Es waren höchstens neun Meter. Volle drei Meter zu wenig. Nie, so sagte ich mir, nie würde ich meine innere Ruhe wiederfinden, wenn ich jetzt nicht zur Polizei gehe und die Selbstanzeige er-

statte. Hier bin ich. Und das« – Jossele deutete auf mich – »ist mein Anwalt.«
»Guten Tag«, brummte der Beamte und schob seinen Stuhl instinktiv ein wenig zurück, ehe er sich wieder an Jossele wandte: »Da die Polizei Sie nicht gesehen hat, können wir die Sache auf sich beruhen lassen. Sie brauchen kein Strafmandat zu bezahlen.«
Aber da kam er bei Jossele schön an:
»Was heißt das: die Polizei hat mich nicht gesehen? Wenn mich morgen jemand umbringt, und die Polizei sieht es nicht, so darf mein Mörder frei herumlaufen? Eine merkwürdige Auffassung für einen Hüter des Gesetzes, das muß ich schon sagen.«
Die Blicke des Polizeibeamten irrten ein paar Sekunden lang zwischen Jossele und mir hin und her. Dann holte er tief Atem.
»Wollen Sie, bitte, das Amtslokal verlassen und mich nicht länger aufhalten, meine Herren!«
»Davon kann keine Rede sein!« Jossele schlug mit der Faust auf das Pult. »Wir zahlen Steuer, damit die Polizei für öffentliche Ordnung und Sicherheit sorgt!« Und mit beißender Ironie fügte er hinzu: »Oder sollte mein Vergehen nach einem halben Tag bereits verjährt sein?«
Das Gesicht des Beamten lief rot an:
»Ganz wie Sie wünschen, Herr!« Damit öffnete er sein Eintragungsbuch. »Geben Sie mir eine genaue Schilderung des Vorfalls!«
»Bitte sehr. Wenn es unbedingt sein muß. Also, wie ich schon sagte, ich fuhr die Schlomo-Hamelech-Straße hinunter, zumindest glaube ich, daß es die Schlomo-Hamelech-Straße war, ich weiß nicht mehr. Jedenfalls –«

»Sie parkten in der Nähe einer Bushaltestelle?«
»Kann sein. Es ist gut möglich, daß ich dort geparkt habe. Aber wenn, dann nur für ein paar Sekunden.«
»Sie sagten doch, daß Sie ausgestiegen sind!«
»Ich bin ausgestiegen? Warum sollte ich ausgestiegen sein? Und warum sollte ich sagen, daß ich ausgestiegen bin, wenn ich – halt, jetzt fällt es mir ein: ich bin ausgestiegen, weil der Winker geklemmt hat. Deshalb habe ich den Wagen angehalten und bin ausgestiegen: um den Winker wieder in Ordnung zu bringen. Wollen Sie mir daraus vielleicht einen Strick drehen? Soll ich das Leben meiner Mitmenschen gefährden, weil mein Winker klemmt? Das können Sie unmöglich von mir verlangen. Das können Sie nicht, Herr Inspektor. Das können Sie nicht!«
Jossele war in seiner Verzweiflung immer näher an den Beamten herangerückt, der immer weiter zurückwich:
»Herr!« stöhnte er dabei. »Herr!« Und das war alles.
»Hören Sie, Herr Inspektor.« Gerade daß Jossele nicht schluchzend auf die Knie fiel. »Könnten Sie mich nicht dieses eine Mal laufenlassen? Ich verspreche Ihnen, daß so etwas nicht wieder vorkommen wird. Ich werde in Zukunft genau achtgeben. Nur dieses eine Mal noch, ich bitte Sie . . .«
»Hinaus!« röchelte der Beamte. »Marsch hinaus!«
»Ich danke Ihnen! Sie sind die Güte selbst! Ich danke Ihnen von ganzem Herzen!«
Jossele zog mich eilig hinter sich her. Ich konnte noch sehen, wie der Beamte hinter seinem Pult zusammensank.
Ab und zu muß man eben auch etwas für die Polizei tun.

Nichts auf der Welt ist so schwer zu ertragen wie eine moralische Schuld, außer einer finanziellen Schuld. Eine Kombination dieser beiden ist absolut mörderisch.

Harte Währung

In der Regel habe ich immer einen Vorrat von Zehnpiastermünzen bei mir. An jenem Morgen hatte ich keine. Ratlos stand ich vor dem grausamsten Instrument unseres technischen Zeitalters: dem Parkometer. Sollte ein städtisches Amtsorgan des Weges kommen, dann könnte mich der Mangel eines Zehnpiasterstücks fünf Pfund kosten. Ich versuchte ein Fünfundzwanzigpiasterstück in den Schlitz zu zwängen, aber das Parkometer weigerte sich.

»Zehn Piaster?« fragte eine Stimme in meinem Rücken. »Werden wir gleich haben.«

Ich fuhr herum und erkannte Ingenieur Glick, der eifrig in seinen Hosentaschen stöberte.

»Hier!« Und damit warf er selbst die erlösende Münze in den gefräßigen Schlitz.

Ich wußte nicht, wie ich ihm danken sollte. Die von mir sofort angebotene Fünfundzwanzigermünze wies er von sich: »Lassen Sie. Es ist nicht der Rede wert.«

»Wenn Sie einen Augenblick warten, gehe ich wechseln«, beharrte ich.

»Machen Sie sich nicht lächerlich. Sie werden schon einen Weg finden, sich zu revanchieren.«

Damit wandte er sich zum Gehen und ließ mich in schweren, bedrückenden Gedanken zurück. Schulden sind mir zuwider. Ich mag das nicht. »Sie werden schon einen Weg finden« – was heißt das? Was für einen Weg? Wieso?

Um sicherzugehen, suchte ich auf dem Heimweg einen Blumenladen auf und schickte Frau Glick zehn rote Nelken. So benimmt sich ein Kavalier, wenn ich richtig informiert bin.

Warum es leugnen: ich hätte zumindest einen Telefonanruf vom Hause Glick erwartet. Nicht als ob mein Blumenarrangement besondere Dankesbezeigungen erfordert hätte, aber trotzdem . . .

Als bis zum Einbruch der Dämmerung noch nichts geschehen war, erkundigte ich mich telefonisch im Blumenladen nach dem Schicksal meiner Nelken. Ja, alles in Ordnung, die Nelken wurden um 16 Uhr 30 durch Boten befördert.

Ich wartete noch eine Stunde. Als meine Nerven zu zerreißen drohten, rief ich bei Glicks an.

Glick war selbst am Telefon. Wir unterhielten uns über die neuen Hafenanlagen in Ashdod und über die neue Einkommensteuer und noch über allerlei Neues. Eine Viertelstunde lang. Schließlich konnte ich nicht länger an mich halten.

»Da fällt mir ein«, sagte ich. »Hat Ihre Gattin die Blumen bekommen?«

»Ja. Meiner Meinung nach sollte Eschkol dem Druck der Religiösen nicht nachgeben. Er hat genügend Rückhalt, um . . .«

Und so weiter, und so weiter. Was war da los? Kein Zweifel, mit meinen Blumen stimmte etwas nicht.

Nachdem die läppische Konversation zu Ende war, be-

richtete ich den Vorfall meiner Ehefrau. Sie wunderte sich überhaupt nicht.
»Natürlich«, sagte sie. »Auch ich hätte mich beleidigt gefühlt. Wer schickt heute noch Nelken? Die billigsten Blumen, die es überhaupt gibt.«
»Aber ich habe zehn Stück geschickt.«
»Na wenn schon. Es muß einen fürchterlichen Eindruck auf die Glicks gemacht haben. Jetzt werden sie uns für Geizhälse halten.«
Ich preßte die Lippen zusammen. Alles darf man mich nennen, nur keinen Geizhals. Am folgenden Morgen ging ich in die nächste Buchhandlung, erstand Winston Churchills vierbändige »Geschichte des Zweiten Weltkriegs« und ließ sie an Ingenieur Glick schicken.
Der Abend kam. Ein Anruf kam nicht. Zweimal wählte ich Glicks Nummer, zweimal legte ich im letzten Augenblick wieder auf.
Vielleicht hatte Glick übersehen, daß es sich um ein Geschenk von mir handelte?
»Unmöglich«, versicherte mir der Buchhändler. »Ich habe auf einer Begleitkarte ganz deutlich Ihren Namen angegeben.«
Zwei Tage verstrichen, zwei fürchterliche, zermürbende Tage. Am dritten Tag wurden mir die vier Bände Churchill zurückgestellt, in einem mangelhaft verschnürten Paket, dem folgender Brief beilag:
»Mein lieber Freund, begreifen Sie doch, daß ich für die Hilfe, die ich Ihnen am 15. November um 9 Uhr geleistet habe, weder Dank noch Belohnung verlange. Was ich tat, tat ich aus gutem Willen und aus dem Bedürfnis, einem Mitmenschen, der in eine schwierige Situation

geraten war, meine brüderliche Hand hinzustrecken. Das ist alles. Ich bin sicher, Sie an meiner Stelle hätten ebenso gehandelt. Mein schönster Lohn liegt in dem Bewußtsein, daß ich unter schwierigsten Bedingungen, in einem Dschungel von Eigensucht und Grausamkeit, ein menschliches Wesen bleibe. Herzlichst Ihr Glick. PS: Den Churchill habe ich schon.«

Abermals wunderte sich meine Gattin nicht im geringsten, als ich ihr den Brief vorlas:

»Ganz klar. Es gibt eben Dinge, die sich mit schnödem Mammon nicht abgelten lassen. Manchmal ist eine kleine Aufmerksamkeit mehr wert als das teuerste Geschenk. Aber ich fürchte, das wirst du nie verstehen, du Büffel.«

Was werde ich nie verstehen, was? Noch am selben Tag bekam Ingenieur Glick ein Geschenkabonnement für die Vorzugsserie der Philharmonikerkonzerte.

Am Abend des ersten Konzerts lag ich an der Ecke der Hubermanstraße im Hinterhalt. Würde er kommen?

Er kam. Beide kamen. Ingenieur Glick und Gattin wohnten dem von mir gestifteten Vorzugskonzert bei.

Aufatmend ging ich nach Hause. Zum erstenmal seit vielen Tagen fühlte ich mich von schwerem Druck befreit, zum erstenmal war ich wieder ich selbst. Pünktlich um zehn Uhr abends läutete das Telefon.

»Wir sind in der Pause weggegangen«, sagte Glick, und seine Stimme klang sauer. »Ein miserables Konzert. Ein miserables Programm. Ein miserabler Dirigent.«

»Ich ... ich bin verzweifelt«, stotterte ich. »Können Sie mir je verzeihen? Ich hab's gut gemeint, wirklich. Ich wollte mich ja nur für Ihre Hilfe von damals erkenntlich zeigen ...«

»Hoho, alter Junge«, unterbrach mich Glick. »Das ist es ja. Geben ist eine Kunst. Mancher lernt's nie. Man darf nicht nachdenken und nicht nachrechnen, man gibt aus vollem Herzen oder gar nicht. Wenn ich mich selbst als Beispiel anführen darf – Sie erinnern sich. Als ich Sie damals in hoffnungsloser Verzweiflung vor dem Parkometer stehen sah, hätte ich mir ebensogut sagen können: ›Was kümmert's dich, du bist kein Autobesitzer und brauchst dich mit einem Autobesitzer nicht solidarisch zu fühlen. Tu, als hättest du ihn nicht gesehen. Er wird es nie erfahren.‹ Aber so zu handeln, wäre eben nicht meine Art. ›Hier ist ein Mensch in Not‹, sagte ich mir. ›Er braucht dich.‹ Und schon – Sie erinnern sich – schon war das Zehnpiasterstück im Schlitz Ihres Parkometers. Eine kleine Geste, weiter nichts. Und doch ...«

Ich glaubte buchstäblich in die Erde zu versinken vor so viel Humanismus. Eine kleine Geste. Warum, lieber Gott, ermangle ich so völlig der Fähigkeit zu kleinen Gesten. Nicht nachdenken, nicht nachrechnen, nur geben, aus vollem Herzen geben ...

»Glick hat vollkommen recht«, konstatierte die beste Ehefrau von allen. »Und jetzt ist der Karren natürlich völlig verfahren. Jetzt kann uns nur noch eine spektakuläre Aktion retten.«

Die ganze Nacht überlegten wir, was wir tun sollten. Den Glicks eine Eigentumswohnung kaufen? Mündelsichere Wertpapiere? Sie zu unseren Universalerben einsetzen? Wir zermarterten uns die Köpfe ...

Schließlich brachte uns eine beiläufige Bemerkung des Ingenieurs auf den rettenden Einfall. Wie hatte er doch

in seinem ausführlichen Monolog gesagt? Ich habe keinen Wagen, hatte er gesagt.
»Das ist die Lösung«, stellte die beste Ehefrau von allen befriedigt fest. »Du weißt, was du zu tun hast.«
»Aber ich kann auf meinen Wagen schon aus Berufsgründen nicht verzichten«, wimmerte ich. »Ich brauche ihn.«
»Das ist wieder einmal typisch für dich. Du bist und bleibst eine levantinische Krämerseele.«
Der Wagen wurde mit einer ganz kurzen Begleitnote zu den Glicks befördert: »Gute Fahrt«, schrieb ich, und: »Nochmals Dank.«
Diesmal reagierte Glick positiv. Gleich am nächsten Morgen rief er mich an:
»Entschuldigen Sie, daß ich Sie schon zu so früher Stunde aufwecke. Aber ich kann den Wagenheber nirgends finden.«
Das Blut schoß mir zu Kopf. Vor mehr als einem Jahr war der Wagenheber gestohlen worden, und ich hatte noch immer keinen neuen gekauft. Jetzt wird Glick womöglich auf einer einsamen Landstraße einen Pneudefekt haben und mich bis an sein Lebensende verfluchen.
»Ich komme!« rief ich ins Telefon, kleidete mich in sausender Eile an, nahm ein Taxi und kaufte einen Wagenheber, den ich sofort bei Glick abliefern wollte.
Am Rothschild-Boulevard, auf den vom Magistrat zugelassenen Parkplätzen, deren Zulassung durch Parkometer kenntlich ist, sah ich einen Wagen stehen, der mir bekannt vorkam.
Er war es. Mein Wagen stand vor einem Parkometer, vor

dem Parkometer stand Ingenieur Glick und kramte verzweifelt in seinen Taschen.
Ich ließ das Taxi anhalten und stürzte mit einem heiseren Aufschrei auf Glick zu:
»Zehn Piaster? Werden wir gleich haben!«
Glick wandte sich um und erbleichte:
»Danke! Ich brauche keine. Ich habe sie selbst! Ich habe sie selbst!«
Er setzte die fieberhafte Suche fort. Ich nahm die meine auf. Wir keuchten beide vor Anstrengung. Denn uns beiden war klar, was auf dem Spiel stand. Glick stülpte eine Tasche nach der anderen um, ohne ein Zehnpiasterstück zu finden.
Nie werde ich das schreckensbleiche Gesicht vergessen, mit dem er zusah, wie ich mein Zehnpiasterstück langsam und genießerisch in den Schlitz des Parkometers versenkte:
»Hier, bitte!«
Vor meinen Augen begann Glick um mehrere Jahre zu altern. Er schrumpfte sichtbar zusammen, während er in die Hosentasche griff und mir die Schlüssel zu meinem Wagen einhändigte. Aus seiner Brusttasche zog er das Abonnement für die Philharmonie und übergab es mir unter leisem Schluchzen. Gegen Abend kamen Blumen für meine Frau. Man muß es ihm lassen: er ist ein guter Verlierer.

Eine der ausgeprägtesten jüdischen Eigenschaften ist das sogenannte »Familiengefühl«. Wenn ein jüdischer Vater die »Bar-Mizwah« seines Sohnes feiert – den Tag, an dem der hoffnungsvolle Sproß das 13. Lebensjahr erreicht und zum Manne wird – oder wenn er, der Vater, gar seine Lieblingstochter verheiratet, dann kennt der familiäre Aufwand keine Grenzen. Dutzende, Hunderte, Tausende von Gästen, die den Gastgeber oft erst bei dieser Gelegenheit kennenlernen, werden eingeladen und überreichlich bewirtet. Hernach ist der Gastgeber ruiniert, und die Gäste haben einen Abend verbracht, den sie nie vergessen werden, auch wenn sie noch so gerne möchten.

Es zuckt

Die Sache begann buchstäblich unter dem Hochzeitsbaldachin des jungen Pomerantz. Sein Vater, Doktor Pomerantz, hatte mich schon seit Wochen brieflich, mündlich und telefonisch beschworen, der Hochzeitsfeier durch meine Gegenwart Glanz zu verleihen; wenn man ihm glauben wollte, machte sein Sohn die Hochzeit überhaupt davon abhängig, daß ich ihr beiwohnte, und dementsprechend ließ es auch die Braut an Bitten und Beschwörungen nicht fehlen. Das Ganze war mir außerordentlich lästig, um so mehr, als ich Doktor Pomerantz nur von einer einzigen flüchtigen Begegnung her kannte. Bei irgendeinem Gesandtschaftsempfang war er auf mich zugetreten, hatte mich mit »verehrter Meister« angesprochen und mir einige Artigkeiten über mein letztes

Violinkonzert gesagt. Das war alles. Und deshalb sollte ich jetzt seinen Sohn in den Hafen der Ehe geleiten?
»Hochzeitseinladungen sind etwas Fürchterliches«, klagte ich meiner Frau. »Weiß der Teufel, warum ich zugesagt habe. Ich kenne die Leute kaum. Was soll ich machen?« Die beste Ehefrau von allen dachte eine Weile nach. Dann kam sie, wie nicht anders zu erwarten, mit der einzig richtigen Lösung:
»Wenn du eingeladen bist, mußt du hingehen«, sagte sie.
Ich ging hin. Und es war noch schlimmer, als ich's mir vorgestellt hatte. Doktor Pomerantz hatte sichtlich keine Ahnung, wer ich war, sein Sohn drückte mir geistesabwesend die Hand, die Braut tat nicht einmal das. Ich fühlte mich richtig erlöst, als das Buffet zum Sturm freigegeben wurde.
In diesem Augenblick trat der Mann mit dem nervösen Tick in mein Leben. Er stand neben mir, und sein Gesicht zuckte. Es zuckte unaufhörlich und mit schöner Regelmäßigkeit. Im übrigen sprachen wir kein Wort, abgesehen von seiner Bitte, ihm den Senf zu reichen; wenn ich nicht irre, bin ich dieser Bitte nachgekommen.
Der trostlos langweilige Abend erfuhr eine gewisse Belebung, als der Bräutigam das strahlend weiße Kleid der Braut versehentlich mit Rotwein anschüttete. Den entstandenen Tumult nützte ich aus, um mich zu entfernen.
Bald darauf vergaß ich die Familie Pomerantz, die Hochzeit und alles, was damit zusammenhing.

Ein halbes Jahr mochte vergangen sein. Ich machte Einkäufe in einer Papierwarenhandlung. Neben mir stand ein Herr, den ich nicht kannte. Er sah mich an:

»Na?« fragte er. »Wie geht es den jungen Leuten?«
»Welche jungen Leute meinen Sie?«
Ich wußte wirklich nicht – aber ein plötzliches Zucken in seinem Gesicht frischte mein Gedächtnis auf. Er meinte das junge Ehepaar Pomerantz.
»Ich habe nie wieder von ihnen gehört«, gab ich wahrheitsgemäß an.
»Ich auch nicht. Aber ich erinnere mich, daß der junge Pomerantz ein Glas Rotwein über seine Braut geschüttet hat . . .«
»Ganz richtig, ganz richtig. Wollen wir hoffen, daß es ihnen gut geht.«
Und ich wandte mich hastig ab, denn ich rede sehr ungern mit Leuten, mit denen ich nichts zu reden habe. Wir waren auf einer Hochzeit zufällig nebeneinander am Buffet gestanden, er hatte gezuckt, ich hatte ihm den Senf gereicht, hier bitte, danke schön, aus, vorbei. Wozu soll man eine so läppische Erinnerung mit sich herumtragen? Ich löschte sie aufs neue aus meinem Gedächtnis, und es glückte mir aufs neue.
Bis ich eines Tages ein »Scherut«-Taxi bestieg und mich einem Mitfahrer gegenüber fand, der mir sogleich bekannt vorkam. Als mir klar wurde, daß es der Mann mit dem nervösen Tick war, erfaßte mich wilder Schrecken. Ich sandte ein Stoßgebet zum Himmel, des Inhalts, daß einer von uns beiden ans Ziel gelangen und aussteigen möge, bevor wir ins Gespräch kämen . . . vergebens. In einer Kurve wurde mein Gegenüber gegen meine Kniescheibe geschleudert, sah mich entschuldigend an, zuckte – und veranlaßte mich dadurch zu einem verhängnisvollen Fehler:

»Hallo«, sagte ich. »Wie geht's den beiden jungen Leuten?«
In der nächsten Sekunde verfluchte ich meine Voreiligkeit: der Gesichtsausdruck des Tickbesitzers ließ keinen Zweifel daran, daß er mich gar nicht erkannt hatte. Erst mein Leichtsinn brachte ihn auf die richtige Fährte.
»Ach ja«, murmelte er. »Natürlich. Pomerantz, oder wie die geheißen haben. Ich habe sie seit damals nicht mehr gesehen.«
»Ich auch nicht«, sagte ich rasch und in der verwegenen Hoffnung, daß es damit sein Bewenden hätte.
Mein Gegenüber nahm sein Zucken in vollem Umfang wieder auf: »Jetzt erinnere ich mich. Ein Glas Wein –«
»– wurde ausgeschüttet«, ergänzte ich.
»Über das Kleid der Braut.«
»Rotwein, glaube ich.«
»Stimmt. Rotwein. Es geht ihnen also gut, sagen Sie?«
»Ich habe nichts Gegenteiliges gehört.«
»Nun, hoffen wir's.«
Damit war die anregende Diskussion zu Ende. Ein anderes Thema hatten wir nicht. Den Rest der Strecke legten wir schweigend zurück.
Fast sah es danach aus, als sollte dieser garstige Zwischenfall der letzte seiner Art bleiben. Zwei oder drei Jahre waren störungsfrei ins Land gegangen, als ich den Zug nach Jerusalem bestieg. Und hier geschah es, daß das Schicksal zuschlug.
Ich fand ein leeres Abteil und lehnte mich behaglich auf meinem Fensterplatz zurück. Vielleicht war ich ein wenig eingenickt – jedenfalls blickte ich erst wieder auf, als der Zug sich in Bewegung setzte. Und da sah ich, mir

gegenüber, in dem bis dahin leeren Abteil, auf dem Weg nach Jerusalem, allein mit mir ...

»Hehehe!« In seinem Gesicht zuckte es fröhlich. »Was wohl die beiden jungen Leute treiben?«

Offenkundig konnte er sich nicht einmal an ihren Namen erinnern, sowenig wie ich.

»Ich weiß nicht«, sagte ich. »Ich habe sie längst aus den Augen verloren.«

»Ich auch. Längst. Keine Ahnung, wie es ihnen geht.«

Stille. Beklemmende Stille. Sie verdickte sich allmählich zu undurchdringlichen Schwaden und ließ den Rhythmus der Räder nur wie aus weiter Ferne an mein Ohr dringen. Auf geheimnisvolle Weise schien er den Rhythmus der Gesichtszuckungen mir gegenüber zu kontrapunktieren. Kalter Schweiß trat mir auf die Stirn. Ich merkte, daß auch ich zu zucken begann. Und plötzlich kam die Stimme meines Gegenübers unabwendbar auf mich zu:

»Der Wein ... erinnern Sie sich an den Wein ...?«

»Ja ... die Braut ...«

»Rot ...«

»Ausgeschüttet ...«

»Übers Kleid ...«

»Der Hund!« sagte ich in einer plötzlichen Eingebung und sprang auf. »Entschuldigen Sie, ich muß nachsehen!« Damit stürzte ich auf den Gang hinaus und zwängte mich zum nächsten Waggon durch und durch den übernächsten und bis in den letzten hinein, bis zur hintersten Plattform des letzten Waggons, wo es nicht mehr weiterging. Dort bot ich meine fieberheiße Stirn dem Winde dar. »Warum, warum?« stöhnte ich. »Warum verfolgt

mich dieses zuckende Gesicht? Soll ein unglückseliger Zwischenfall bei einer Hochzeit mich endlos quälen?«
Von da an wurde ich vorsichtig und mied alle öffentlichen Verkehrsmittel. Ich kaufte ein Auto. Ich saß im Kaffeehaus nur noch hinter Säulen. Ich fuhr nicht mehr nach Jerusalem. Als ich das zuckende Gesicht einmal von weitem auf der Straße sah, flüchtete ich in ein Haustor, sauste alle sechs Stockwerke hinauf und versteckte mich auf dem Dachboden. Denn ich wußte: wenn dieser Kerl mich noch einmal nach den »beiden jungen Leuten« fragt, springe ich ihm an die Kehle, wahrscheinlich mit letalem Ausgang.
Gestern führte ich meinen Sohn Raphael zur Nachmittagsvorstellung der Eisrevue. Es war rührend, wie der Kleine sich freute, und ich freute mich mit ihm. Selig saß ich da, meinen kleinen Rafi auf den Knien. Er wußte sich kaum zu halten, er wollte die ganze Welt an seinem Glück teilhaben lassen, auch den kleinen Jungen, der in der Nebenloge auf seines Vaters Knien saß. Recht so! Man kann nicht früh genug anfangen, menschliche Kontakte zu suchen. Ich nickte dem Knaben in der Nachbarloge freundlich zu. Er nickte freundlich zurück. Und in seinem Gesicht ... Gott helfe mir ... in seinem Gesicht zuckte es, rhythmisch und unaufhörlich ...
Von der Eisrevue sah ich nichts mehr. Ich hatte mich mit dem Rücken zur Nachbarloge gekehrt. Aber dann kam die Pause, und in der Pause kam aus der Nachbarloge der Vater des zuckenden Knaben, zuckte seinerseits und sagte: »Haben Sie«, sagte er, »haben Sie zufällig ... Sie wissen ja ... die beiden jungen Leute ... wie geht es ihnen?«

»Meine Schlüssel! Um Himmels willen, wo sind meine Schlüssel?«

Mit einem Panthersatz verschwand ich in der brodelnden Menge. Raphael war ganz verweint, als er mich endlich wiederfand. Glücklicherweise beruhigte er sich bald.

»Pappi«, plauderte er drauflos, »mein neuer Freund sagt, daß sein Pappi dich kennt ... Ihr wart zusammen auf einer Hochzeit ... Ist es wahr, daß der Bräutigam die Braut mit Rotwein angeschüttet hat?«

Es ist alles vergebens. Ich werde das zuckende Gesicht, zu dem die Ehe Pomerantz mich verflucht hat, niemals loswerden. Es wird wider mich zucken bis ans Ende meiner Tage, bis ins dritte und vierte Geschlecht, es wird sich vererben vom Vater auf den Sohn und vom Sohn auf den Enkel, es wird zucken in alle Ewigkeit.

Jedes Land hat bestimmte Produktionsmethoden, die bestimmte Charakteristika aufweisen. Zweckmäßige Verpackung kennzeichnet die amerikanischen Produkte, Präzisionsarbeit ist typisch für die Schweiz, am niedrigen Preis erkennt man die japanische Herkunft einer Ware. Und wie steht es um Israel?

Das Rätsel der dritten Schraube

In Israel gibt es eine Produktionshemmung, die sich – rein technologisch – wie folgt formulieren ließe:
»Der israelische Handwerker ist physisch und geistig außerstande, auf dem lokalen Produktionssektor, etwa im Baugewerbe, jene Anzahl von Schrauben anzubringen, die mit der Anzahl der Löcher übereinstimmt, welche zur Anbringung von Schrauben vorgesehen sind.«
Mit anderen, weniger anspruchsvollen Worten:
Seit Bestehen des Staates Israel hat noch kein israelischer Handwerker jemals die jeweils vorgeschriebene Anzahl von Schrauben eingeschraubt. Sondern statt dreier Schrauben nimmt er zwei oder vielleicht nur eine. Warum?
Internationale Fachleute erblicken die Ursache dieses Verhaltens in einem übersteigerten Selbstbewußtsein des organisierten israelischen Arbeiters, der davon durchdrungen ist, daß zwei jüdische Schrauben so gut sind wie drei nichtjüdische. Die Tiefseelenforscher, besonders die Anhänger Jungs und seiner Archetypen-Theorie, führen das Zwei-Schrauben-Mysterium auf den »Ewigen Ju-

den« zurück, das heißt auf die tiefe Skepsis unserer stets verfolgten, immer wieder zur Wanderschaft gezwungenen Vorväter, die nicht an die Dauerhaftigkeit materieller Güter glauben konnten.
Sei dem wie immer – die fehlende Schraube ist meistens die mittlere. Das Muster sieht ungefähr so aus:

● ○ ●

Es tritt am häufigsten bei hebräischen Türangeln auf, und zwar sowohl bei Zimmer- wie bei Schranktüren. Man kann ihm eine gewisse Symmetrie und dekorative Balance nicht absprechen. Demgegenüber zeugt seine rechte Abweichung entschieden von seelischer Unausgeglichenheit:

● ● ○

Dieses Arrangement erfreut sich unter Radioapparaten, Plattenspielern und an der Wand zu befestigenden Küchengerätschaften größter Verbreitung.
Eine dritte Form wird geradezu kultisch von der jungen israelischen Kraftwagenindustrie gepflegt, und zwar an den mit freiem Auge nicht sichtbaren Bestandteilen des Motors, wo ihre Anwendung nur dem geübten Ohr durch das rhythmische Klappern freigewordener Metallplatten erkennbar wird, meistens auf einsamen Landstraßen. Man bezeichnet diese Form als »Mono-Schraubismus«:

○ ○ ●

Gründliche, mit staatlicher Unterstützung durchgeführte Nachforschungen haben keinen einzigen Fall von drei Schraubenlöchern ergeben, die mit allen drei dazugehörigen Schrauben ausgestattet gewesen wären. Vor kurzem wurde in einer Waffenfabrik im oberen Galiläa ein

feindlicher Spion entdeckt, der sich dadurch verraten hatte, daß er alle Schraubenlöcher mit Schrauben versah.
Ich für meine Person habe in einer Tischlerei in Jaffa ein aufschlußreiches Experiment durchgeführt. Ich beobachtete den Besitzer, einen gewissen Kadmon, bei der Herstellung eines von mir bestellten Hängeregals und bei der Anbringung zweier Schrauben an Stelle der vorgesehenen drei.
»Warum nehmen Sie keine dritte Schraube?« fragte ich.
»Weil das überflüssig ist«, antwortete Kadmon. »Zwei tun's auch.«
»Wozu sind dann drei Schraubenlöcher da?«
»Wollen Sie ein Regal haben, oder wollen Sie mit mir plaudern?« fragte Kadmon zurück.
Unter der Einwirkung meiner Überredungskünste erklärte er sich schließlich doch bereit, eine dritte Schraube zu nehmen, und machte sich fluchend an die Arbeit. Irgendwie mußte sich die Kunde davon verbreitet haben, denn aus der Nachbarschaft strömten alsbald viele Leute (darunter auch einige Tischler) herbei, um dem einmaligen Schauspiel beizuwohnen.
Sie alle gaben der Meinung Ausdruck, daß bei mir eine Schraube locker sei.

Ein skandinavischer Kronprinz hat einmal die schicksalsschwere Frage »Sein oder Nichtsein?« gestellt. Ebenso schicksalsschwer ist die Frage: »Abendessen oder Nichtabendessen?« Besonders wenn man bei der Familie Spiegel eingeladen ist.

Der kluge Mann baut vor

»Bist du ganz sicher, Ephraim? Ist es eine Einladung zum Essen?«

»Ja, soviel ich weiß . . .«

Hundertmal hatte ich es meiner Frau schon erklärt – und sie hörte nicht auf zu fragen. Ich selbst war am Telefon gewesen, als Frau Spiegel anrief, um uns für Mittwoch halb neun Uhr abends einzuladen. Ich hatte die Einladung mit Dank angenommen und den Hörer wieder aufgelegt. Das war alles. Nicht der Rede wert, sollte man meinen. Weit gefehlt! Wir haben seither kaum über etwas anderes gesprochen. Immer wieder begannen wir jenes kurze Telefongespräch zu analysieren. Frau Spiegel hatte nicht gesagt, daß es eine Einladung zum Abendessen war. Sie hatte aber auch nicht gesagt, daß es *keine* Einladung zum Abendessen war.

»Man lädt nicht für Punkt halb neun Gäste ein, wenn man ihnen nichts zu essen geben will«, lautete die Interpretation, die meine Frau sich schließlich zu eigen machte. »Es ist eine Dinnereinladung.«

Auch ich war dieser Meinung. Wenn man nicht die Absicht hat, seinen Gästen ein Abendessen zu servieren, dann sagt man beispielsweise: »Kommen Sie aber nicht vor acht«, oder: »Irgendwann zwischen acht und neun«, aber man sagt auf keinen Fall: »Pünktlich um halb neun!« Ich erinnere mich nicht genau, ob Frau Spiegel »pünktlich« gesagt hat, aber »um« hat sie gesagt. Sie hat es sogar deutlich betont, und in ihrer Stimme lag etwas unverkennbar Nahrhaftes.

»Ich bin ziemlich sicher, daß es eine Einladung zum Essen ist«, war in den meisten Fällen das Ende meiner Überlegungen. Um alle Zweifel zu beseitigen, wollte ich sogar bei Frau Spiegel anrufen und ihr von irgendwelchen Diätvorschriften erzählen, die ich derzeit zu beobachten hätte, und sie möchte mir nicht böse sein, wenn ich sie bäte, bei der Zusammenstellung des Menüs darauf Rücksicht zu nehmen. Dann hätte sie Farbe bekennen müssen. Dann hätte sich sehr rasch gezeigt, ob sie überhaupt beabsichtigte, ein Menü zusammenzustellen. Aber so raffiniert dieser Plan ausgedacht war – meine Frau widersetzte sich seiner Durchführung. Es macht, behauptete sie, keinen guten Eindruck, eine Hausfrau vor das fait accompli zu stellen, daß man von ihr verköstigt werden will. Außerdem sei das ganz überflüssig.

»Ich kenne die Spiegels«, sagte sie. »Bei denen biegt sich der Tisch, wenn sie Gäste haben ...«

Am Mittwoch ergab es sich obendrein, daß wir um die Mittagsstunde sehr beschäftigt waren und uns mit einem raschen, nur aus ein paar Brötchen bestehenden Imbiß begnügen mußten. Als wir uns am Abend auf den Weg zu Spiegels machten, waren wir richtig ausgehungert. Und vor unserem geistigen Auge erschien ein Buffet mit vielem kaltem Geflügel, mit Huhn und Truthahn, Gans und Ente, mit Saucen und Gemüsen und Salaten ... Hoffentlich machen sie währenddessen keine Konversation, die Spiegels. Hoffentlich warten sie damit bis nach dem Essen ...

Gleich beim Eintritt in die Spiegelsche Wohnung begannen sich unsere alten Zweifel aufs neue zu regen: wir waren die ersten Gäste, und die Spiegels waren noch mit dem Ankleiden beschäftigt. Unsere besorgten Blicke schweiften über den Salon, entdeckten aber keinerlei solide Anhaltspunkte. Es bot sich ihnen der in solchen Fällen übliche Anblick: eine Klubgarnitur, Fauteuils und Stühle um einen niedrigen Glastisch, auf dem sich eine große, flache Schüssel mit Mandeln, Erdnüssen und getrockneten Rosinen befand, in einer bedeutend kleineren Schüssel einige Oliven, auf einer etwas größeren gewürfelte Käsestückchen mit Zahnstocher aus Plastik, und schließlich ein edel geschwungenes Glasgefäß voll dünner Salzstäbchen.

Plötzlich durchzuckte mich der Gedanke, daß Frau Spiegel am Telefon vielleicht doch 8 Uhr 45 gesagt hatte und nicht 8 Uhr 30, ja vielleicht war überhaupt kein genauer Zeitpunkt genannt worden und wir hatten nur über Fellinis »8 1/2« gesprochen.

»Was darf's zum Trinken sein?«

Der Hausherr, noch mit dem Knoten seines Schlipses beschäftigt, mixte uns einen John Collins, ein außerordentlich erfrischendes Getränk, bestehend aus einem Drittel Brandy, einem Drittel Soda und einem Drittel Collins. Wir trinken es sonst sehr gerne. Diesmal jedoch waren unsere Magennerven mehr auf Truthahn eingestellt und jedenfalls auf etwas Kompaktes. Nur mühsam konnten wir ihnen Ruhe gebieten, während wir unsere Gläser hoben.

Der Hausherr stieß mit uns an und wollte wissen, was wir von Sartre hielten. Ich nahm eine Handvoll Erdnüsse und versuchte eine Analyse des Existentialismus, soweit er uns betraf, mußte aber bald entdecken, daß mir das Material ausging. Was bedeutet denn auch eine Schüssel mit Erdnüssen und Mandeln für einen erwachsenen Menschen?

Ganz ähnlich stand es um meine Frau. Sie hatte den schwarzen Oliven auf einen Sitz den Garaus gemacht und schwere Verwüstungen unter den Käsewürfeln angerichtet. Als wir auf Vietnam zu sprechen kamen, befanden sich auf dem Glastisch nur noch ein paar verlassene Gurkenscheiben.

»Augenblick«, sagte Frau Spiegel, wobei sie es fertigbrachte, gleichzeitig zu lächeln und die Augenbrauen hochzuziehen. »Ich hole noch etwas.« Und sie verließ das Zimmer, die leeren Schüsseln im Arm. Durch die offen gebliebene Tür spähten wir in die Küche, ob sich dort irgendwelche Anzeichen von Opulenz entdecken ließen. Das Ergebnis war niederschmetternd. Die Küche glich eher einem Spitalszimmer, so sterilisiert und weiß und ruhig lag sie da . . .

Inzwischen – es ging auf neun – waren noch einige Gäste erschienen. Mein Magen begrüßte jeden einzelnen mit lautem Knurren.

Die Konversation wandte sich der erfolgreichen Amerikareise Ben Gurions zu:

»Man kann sagen, was man will«, sagte jemand, der etwas sagen wollte. »Der Alte läßt sich nicht unterkriegen!«

Nicht? Ich hätte ihn gern gesehen, wenn er in Amerika

zum Dinner nichts als Erdnüsse bekommen hätte. Ich, zum Beispiel, hatte schon nach der zweiten Schüssel Magenbeschwerden. Nicht daß ich gegen Erdnüsse etwas einzuwenden habe. Die Erdnuß ist ein schmackhaftes, vitaminreiches Nahrungsmittel. Aber sie ist kein Ersatz für Truthahn oder Fischsalat mit Mayonnaise.

Ich sah um mich. Meine Frau saß mit kalkweißem Gesicht mir gegenüber und griff sich in diesem Augenblick gerade an die Kehle, offenbar um den John Collins zurückzudrängen, der in ihrem Innern gegen die Gurken und die Rosinen aufbegehrte. Ich nickte ihr zu, warf mich auf eine eben eintreffende Ladung frischer Käsewürfel und verschluckte in der Eile einen Plastikzahnstocher. Frau Spiegel tauschte befremdete Blicke mit ihrem Gatten, flüsterte ihm eine zweifellos auf uns gemünzte Bemerkung ins Ohr und erhob sich, um neue Vorräte herbeizuschaffen.

Jemand äußerte gesprächsweise, daß die Zahl der Arbeitslosen im Steigen begriffen sei.

»Kein Wunder«, bemerkte ich. »Das ganze Volk hungert.«

Das Sprechen fiel mir nicht leicht, denn ich hatte den Mund voller Salzstäbchen. Aber es erbitterte mich über die Maßen, dummes Geschwätz über eine angeblich steigende Arbeitslosigkeit zu hören, während inmitten eines gut eingerichteten Zimmers Leute saßen, die keinen sehnlicheren Wunsch hatten als ein Stück Brot.

Meine Frau war mit dem dritten Schub Rosinen fertig geworden, und auf den Gesichtern unserer Gastgeber machten sich deutliche Zeichen von Panik bemerkbar. Herr Spiegel füllte die auf den Schüsseln entstandenen

Lücken mit Karamellen aus, aber die Lücken waren bald wiederhergestellt. Man muß bedenken, daß wir seit dem frühen Morgen praktisch keine Nahrung zu uns genommen hatten.

Die Salzstäbchen knirschten und krachten in meinem Mund, so daß ich kaum noch etwas vom Gespräch hörte. Während sie sich zu einer breiigen Masse verdickten, sicherte ich mir einen neuen Vorrat von Mandeln. Mit den Erdnüssen war es vorbei, Oliven gab es noch. Ich aß und aß. Die letzten Reste meiner sonst so vorbildlichen Selbstbeherrschung schwanden dahin. Ächzend und stöhnend stopfte ich mir in den Mund, was immer in meiner Reichweite lag. Meine Frau troff vor Karamellen und sah mich aus verklebten Augen waidwund an. Sämtliche Schüsseln auf dem niedrigen Glastischchen waren kahlgefegt. Auch ich war am Ende. Ich konnte nicht mehr weiter. Als Herr Spiegel aus der Nachbarwohnung zurückkehrte und einen Teller mit Salzmandeln vor mich hinstellte, mußte ich mich abwenden. Ich glaubte zu platzen. Der bloße Gedanke an Nahrungsaufnahme verursachte mir Übelkeit. Nur kein Essen mehr sehen. Nur um Himmels willen kein Essen mehr ...

»Hereinspaziert, meine Herrschaften!«

Frau Spiegel hatte die Tür zum anschließenden Zimmer geöffnet. Ein weißgedeckter Tisch wurde sichtbar und ein Buffet mit viel kaltem Geflügel, mit Huhn und Truthahn, Gans und Ente, mit Saucen und Gemüsen und Salaten.

Unsere Kinder, unsere Jugend, unsere Augäpfel, unsere Zukunft, unser ganzer Stolz! Sie messen 1,85 m im Schatten und nehmen ihren Eltern gegenüber eine liebevolle, väterliche Haltung ein. In unseren Schulen wurde schon längst die körperliche Züchtigung eingeführt. Wie sollte man sonst den Lehrern beikommen?

Tagebuch eines Jugendbildners

13. September. Heute begann ich meine pädagogische Karriere an einer Elementarschule, wo ich einen flüchtig gewordenen Lehrer ersetze. Es ist ein wunderbares Gefühl für einen Jugenderzieher, wenn eine Schar von jungen, süßen Sabres[1] an seinen Lippen hängt.
Die erste Stunde begann schön und verheißungsvoll. Etwas später jedoch – es mochten zwei oder drei Minuten vergangen sein – drehte ein in der ersten Reihe sitzender Schüler namens Taussig seinen Transistor an. Nachdem ich ihn mehrmals vergebens darauf aufmerksam gemacht hatte, daß ich in meiner Klasse keine Schlagermelodien dulden könnte, ging mein Temperament mit mir durch, und ich verwies ihn des Raumes. »Marsch hinaus«, sagte ich. Taussig schaltete auf Kurzwelle um, die bekanntlich von Beatmusik beherrscht wird, und sagte: »Marsch selber hinaus!«
Ich nahm seine Anregung auf, ging zum Anstaltsleiter und berichtete ihm den Vorfall. Der Anstaltsleiter gab mir zu verstehen, daß ich unter gar keinen Umständen

1 »Sabre«, zu deutsch »Distel«, ist die in Israel gebräuchliche Bezeichnung für die im Land Geborenen.

das Klassenzimmer hätte verlassen dürfen. »Wenn jemand hinauszugehen hatte, dann ganz entschieden Taussig«, erklärte er wörtlich. »Sie dürfen niemals Anzeichen von Schwäche zeigen!« Ich kehrte zur Klasse zurück und begann demonstrativ einen Vortrag über das Siegeslied Deborahs. Aber ich glaube nicht, daß Taussig mir verziehen hat.

27. September. Ein unangenehmer Zwischenfall. Es steht noch nicht ganz fest, wer daran schuld ist. Soviel ich weiß, begann die Auseinandersetzung damit, daß ich in Taussigs Schularbeit einen orthographischen Fehler entdeckte. In dem Satz: »Am liebsten von allen Büchern lesen wir die Bibel« hatte er »wir« mit ie geschrieben, »wier«. Ich stand hinter ihm, während er schrieb, und zeigte ihm den kleinen Irrtum an. Taussig ergriff sein Lineal und schlug es mir auf die Finger. Es tat weh. Da ich kein Anhänger blinder Disziplin bin, lehne ich die körperliche Züchtigung als pädagogisches Mittel ab. Ich ersuchte den irregeleiteten Knaben, seine Eltern zu mir zu schicken, und beschwerte mich beim Anstaltsleiter.

»Nach ottomanischem Gesetz – das auf manchen Gebieten unseres öffentlichen Lebens noch in Geltung ist, wie Sie wissen – darf der Schüler seinen Lehrer schlagen, aber der Lehrer darf nicht zurückschlagen«, erklärte mir der gewiegte Fachmann. »Kommen Sie den Kindern nicht zu nahe.«

29. September. Heute hatte ich den Besuch von Taussigs Eltern: eine Mutter, zwei Väter und mehrere Onkel. »Also mein Junge ist ein Idiot?« brüllte der eine Vater, und: »Mein Sohn kann nicht schreiben, he?« brüllte der andere. Nach einem kurzen, heftigen Schlagwechsel ver-

suchte man, mich gegen die Wand zu drücken, aber ich war von diesem primitiven Vorgehen nicht weiter beeindruckt, schlüpfte durch eine Lücke, die im Kreis der mich Umzingelnden entstanden war, und flüchtete ins Zimmer des Anstaltsleiters, das ich rasch versperrte. Die vielen Eltern hämmerten gegen die Tür. »Sie werden sie noch einschlagen«, flüsterte der verschreckte Schulmeister. »Ergeben Sie sich!« Ich versuchte, ihm begreiflich zu machen, daß dies meiner Vaterimago in den Augen der Schüler abträglich wäre. Die Schüler hatten unterdessen allerlei Bücher und Aktenstöße vor den Fenstern aufgeschichtet, um bessere Sicht zu haben, und feuerten die Taussigs mit erstaunlich rhythmischen Zurufen an.
Einem Beamten des Unterrichtsministeriums, der zufällig auf der Szene erschien, gelang es schließlich, einen Waffenstillstand herbeizuführen. Die durch seine Vermittlung zustande gekommene Abmachung sah vor, daß Taussigs Eltern das Gebäude evakuieren sollten; wir hingegen würden in Hinkunft gegen die individuellen Schreibarten der Schüler keine kleinlichen Einwände mehr erheben.
9. Oktober. Die heutigen Demonstrationen nahmen ungewöhnliche Ausmaße an. Etwa ein Dutzend Angehörige des VII. Jahrgangs rotteten sich vor dem Drahtverhau zusammen, der unser Schulgebäude umgibt, und verbrannten mich in effigie. Es ließ sich nicht leugnen, daß die Ereignisse meiner Kontrolle entglitten. Ich beriet mich mit dem Anstaltsleiter.
»Tja«, meinte der abgeklärte Veteran des Erziehungswesens. »Das ist eben unsere vitale, kampflustige Pionierjugend. Wetterharte Wüstensöhne, in einem

freien Land geboren. Keine Spur von Minderwertigkeitsgefühlen. Da helfen keine konventionellen Methoden wie Vorwürfe oder gar Strafen. Denen imponiert höchstens ein Bulle wie Blumenfeld . . .«

Blumenfeld gehört zu unseren jüngeren Lehrkräften. Er ist ein netter, umgänglicher Mann von massivem Äußeren und beachtlichem Gewicht. Seltsamerweise herrscht in seinen Unterrichtsstunden immer Ruhe und Ordnung. Auch von elterlicher Seite sind noch keine Beschwerden gegen ihn eingelaufen. Ich fragte den Anstaltsleiter nach Blumenfelds Geheimnis.

»Ganz einfach: er ist ein Pädagoge«, lautete die Antwort. »Er hebt nie eine Hand gegen seine Schüler. Er tritt sie mit Füßen.«

Ich habe mich in einen Judokurs einschreiben lassen. Alle zwölf Teilnehmer sind Lehrer. Außerdem habe ich mir vorgenommen, von jetzt an zurückzuschlagen, ottomanisches Gesetz hin oder her. Der Anstaltsleiter weiß noch nichts davon.

21. Oktober. Von unserer Gewerkschaft kam die Nachricht, daß das Finanzministerium nicht bereit ist, dem Gesetzentwurf, betreffend eine »körperliche Gefahrenzulage für Lehrer«, zuzustimmen, da an der Erziehungsfront noch keine offenen Kampfhandlungen stattgefunden hätten. Schade. Ich bin allen möglichen Leuten Geld schuldig: dem Lebensmittelhändler, dem Versicherungsagenten und dem Notar, der mein Testament aufgesetzt hat. Ich habe mich nämlich entschlossen, Taussig bei den morgen beginnenden Abschlußprüfungen in Grammatik durchfallen zu lassen. Mein halbes Vermögen, 25 Pfund in bar, habe ich dem Erholungsheim für schwerbeschä-

digte Lehrer vermacht, die andere Hälfte den Witwen jener, die in Erfüllung ihrer Pflicht einen vorzeitigen Tod fanden.
Gestern informierte ich den Anstaltsleiter, daß vom Dach des Schulgebäudes mehrere Schüsse auf mich abgegeben wurden. Er legte mir nahe, das Gebäude durch einen andern Ausgang zu verlassen.
22. Oktober. Taussig ist durchgefallen. Aber ich hatte vergessen, daß sein Bruder Sergeant in einem Artillerieregiment ist. Das Bombardement begann am Morgen, während wir das Thema »Herzls Vision vom Judenstaat« behandelten. Zum Glück hatten wir schon vor einigen Jahren einen Bunker angelegt, als der Sohn eines Luftwaffenmajors beim Abitur durchgefallen war. In diesen Bunker flüchteten wir. Die Granaten schlugen in bedrohlicher Nähe ein.
Gegen Mittag verließ der Anstaltsleiter mit einer weißen Flagge das Schulgebäude. Nach einer bangen Wartezeit brachte er die Bedingungen der Rebellen: »Befriedigend« für Taussig und eine Entschuldigung an die ganze Klasse. Ich erklärte mich einverstanden, aber die Rebellen wiesen meine eilig dargebrachte Entschuldigung als »nicht aufrichtig gemeint« zurück und nahmen den Anstaltsleiter als Geisel gefangen.
Erst einige Stunden später – denn mittlerweile war der rechte Flügel des Schulgebäudes, wo sich die Telefonzentrale befand, durch Granateinschläge beschädigt worden – konnte ich die Verbindung mit dem Unterrichtsminister herstellen und protestierte gegen die Erniedrigungen, die der Lehrkörper zu erdulden hatte. Wie sollen wir den Schülern als Muster dienen, wenn wir

die Anstalt immer nur paarweise verlassen können, um gegen Anschläge aus dem Hinterhalt gesichert zu sein? Es ist – so gab ich dem Minister zu bedenken – eine Frage der beruflichen Würde. Ein Lehrer, der von seinen Schülern jeden Tag geohrfeigt wird, verliert allmählich das Gesicht. Der Minister versprach, meine Beschwerde zu prüfen, warnte mich aber vor weiteren Erpressungsversuchen. Damit war die Angelegenheit bis auf weiteres erledigt.

15. November. Was ich die ganze Zeit befürchtet hatte, ist eingetreten. Taussig hat sich erkältet. Eine Polizeistreife erschien in der Schule und verhaftete mich, da Taussig mich als den Schuldigen bezeichnet hatte. Die Anklage lautete auf »sträfliche Vernachlässigung der pflichtgemäßen Obsorge«. Meine Beteuerungen, daß nicht ich es gewesen sei, der das Fenster offengelassen hatte, waren vergebens. Alle Eltern Taussigs sagten übereinstimmend gegen mich aus. Ein Vertreter des Roten Kreuzes fragte mich, ob ich vor Beginn der Verhandlung noch einen Wunsch hätte.

18. November. Ein Wunder! Die Probleme des israelischen Erziehungswesens sind gelöst! Wie den heutigen Zeitungen – als Untersuchungshäftling habe ich Anspruch auf Zeitungslektüre – zu entnehmen ist, wird in Israel das Fernsehen eingeführt. Und als einer der ersten Punkte steht der sogenannte »dritte Bildungsweg« auf dem Programm, der Fernunterricht vom Bildschirm.

Ich bin gerettet.

Unser junger Staat darf sich bereits eines Weltrekords rühmen: wir zahlen die höchsten Steuern der Welt. Wir sind von einigen nicht ganz friedfertigen Araberstaaten umgeben und müssen das nötige Geld für die Landesverteidigung aufbringen, und deshalb sind unsere Steuern so hoch, und deshalb zahlen wir sie. Natürlich gibt es auch bei uns, wie in allen anderen Ländern, Steuerschwindler oder solche, die es werden wollen. Das ist, wir sagten es schon, nur natürlich. Unnatürlich verhält es sich hingegen mit jenen Patrioten, die eine korrekte Steuererklärung abgeben und trotzdem von der Steuerbehörde als Schwindler behandelt werden.

Ehrlich, aber nicht offen

Jossele saß, wie üblich, im Kaffeehaus. Ihm gegenüber kauerte unser alter Freund Stockler, Besitzer eines gutgehenden Parfümerieladens und eines weithin sichtbaren Nervenzusammenbruchs.

»Jedes Jahr dasselbe«, stöhnte er. »Im Juli werde ich zum Wrack.«

Jossele nickte verständnisvoll:

»Ich weiß. Die Einkommensteuererklärung. Schwindeln Sie, Herr Stockler?«

»Leider nicht. Ich muß gestehen, daß ich ein erbärmlicher Feigling bin. Und was mich am meisten deprimiert: es hilft mir nichts. Meine Bücher sind korrekt geführt, jeder einzelne Posten ist nachprüfbar richtig – und jedes Jahr werden meine Aufstellungen zurückgewiesen,

weil sie angeblich falsch, unvollständig und frisiert sind. Was soll ich machen?«
Jossele schüttelte ungläubig den Kopf, und seine Stimme klang vorwurfsvoll:
»Sagen Sie, Herr Stockler: sind Sie ein kleines Kind? Oder sind Sie vom Mond heruntergefallen? Sie nehmen Ihre Bücher, legen sie dem Steuerprüfer vor – und erwarten allen Ernstes, daß er Ihnen glaubt? Sie tun mir wirklich leid.«
Stockler schluchzte leise vor sich hin. Seine Tränen rührten nach einer Weile Josseles Herz:
»Haben Sie Bettücher zu Hause, Herr Stockler? Gut. Und jetzt hören Sie zu . . .«
Nicht lange danach, an einem regnerischen Vormittag, begab sich Stockler auf sein zuständiges Finanzamt, betrat das Zimmer seines zuständigen Steuerreferenten, nahm auf dessen Aufforderung ihm gegenüber Platz und senkte den Kopf.
»Herr Referent«, sagte er, »ich muß Ihnen ein Geständnis machen. Ich habe im abgelaufenen Steuerjahr keine Bücher geführt.«
»Stehlen Sie mir nicht meine Zeit mit dummen Witzen«, erwiderte der Beamte säuerlich. »Was wünschen Sie?«
»Es sind keine Witze. Es ist die Wahrheit. Ich habe keine Bücher geführt.«
»Einen Augenblick. Sie wollen doch nicht sagen, daß Sie keine Bücher geführt haben?«
»Doch. Genau das will ich sagen. Das heißt: ich habe sie geführt, aber ich habe sie nicht.«
Jetzt war es mit der Selbstbeherrschung des Beamten zu Ende. Sein bisher ruhiger Baß überschlug sich zu jähem

Falsett: »Was heißt das: ich habe sie – ich habe sie nicht?! Wieso haben Sie sie nicht?!«
»Ich habe sie verloren.«
»Verloren?! Wieso? Wie? Wann? Wo?«
»Ja, wenn ich das wüßte. Eines Tages konnte ich sie nicht mehr finden. Sie waren weg. Vielleicht verbrannt, ohne daß ich es bemerkt hätte. Oder gestohlen. Jedenfalls sind sie verschwunden. Es tut mir leid, aber so ist es. Vielleicht könnte ich mein Einkommen ausnahmsweise aus dem Gedächtnis angeben, das wäre am einfachsten. Es war ohnehin ein sehr schwaches Jahr. Ich habe praktisch so gut wie nichts verdient ... Warten Sie ...«
Der Steuerbeamte klappte ein paarmal den Mund auf und zu. Ein unartikuliertes Krächzen entrang sich seiner Kehle und ging erst nach mehreren Versuchen in verständliche Worte über:
»Entfernen Sie sich, Herr Stockler. Sie hören noch von uns ...«
Die Leute von der Steuerfahndung erschienen am frühen Morgen, wiesen einen Hausdurchsuchungsbefehl vor, verteilten sich auf die einzelnen Zimmer und begannen ihr Werk. Nach ungefähr einer Stunde drang aus dem Schlafzimmer ein heiserer Jubelschrei:
»Da sind sie!«
Einer der Fahnder, ein Dünner mit randloser Brille, stand vor dem Wäscheschrank und hielt triumphierend drei umfangreiche Faszikel hoch ...

Die Verhandlung näherte sich dem Ende. Mit ungewöhnlich scharfen Worten resümierte der Anwalt der Steuerbehörde:

»Hier, hohes Gericht, liegen die versteckten Bilanzen des Parfümeurs Stockler. Herr Stockler hatte sich Hoffnungen gemacht, daß wir eine ›aus dem Gedächtnis‹ abgegebene Steuererklärung akzeptieren und keine Nachschau nach seinen Büchern halten würden. Er war im Irrtum. Hohes Gericht, die Steuerbehörde verlangt, daß das Einkommen des Beklagten auf Grund der von uns aufgefundenen Bücher bewertet wird. Aus ihnen, und nur aus ihnen, geht sein wahres Einkommen hervor . . .«

Auf der Anklagebank saß ein bleicher, glücklicher Stockler und murmelte ein übers andere Mal vor sich hin: »Sie glauben mir . . . endlich glauben sie mir . . .«

Dankbar umarmte er Jossele auf der Kaffeehausterrasse: »Und nächstes Jahr fatiere ich nur noch mein halbes Einkommen. Ich habe auch schon ein herrliches Versteck. Unter der Matratze . . .«

Länder, die keine Aristokratie besitzen, versuchen, eine zu schaffen. Alles ist relativ. Für einen Einwanderer des Jahres 1967 sind diejenigen, die schon 1963 gekommen sind, Aristokraten. Und die Kluft, die durch eine Einwanderungsdifferenz von 38 Jahren entsteht, ist vollends unüberbrückbar.

Lamento für einen jungen Schauspieler

Podmanitzki: Sie, junger Mann! Kommen Sie für einen Augenblick her!

Ben Tirosch: Wer, ich?

Podmanitzki: Ja, Sie.

Ben Tirosch: Mit Vergnügen, Herr Podmanitzki. Ich wollte Ihnen schon lange sagen, Herr Podmanitzki, daß es mir eine große Ehre ist, gemeinsam mit Herrn Podmanitzki auf der Probe zu stehen.

Podmanitzki: Gerade über dieses Thema wollte ich sprechen, mein Junge. Wie heißt du?

Ben Tirosch: Ben Tirosch. Joseph.

Podmanitzki: Und wie lange bist du schon beim Theater?

Ben Tirosch: Zwei Monate. Nächste Woche werden es genau zwei Monate.

Podmanitzki: Behandelt man dich anständig?

Ben Tirosch: Ich bin der glücklichste Mensch auf Erden, Herr Podmanitzki. Es war immer mein Traum, neben einem Schauspieler Ihres Kalibers auftreten zu dürfen.

Podmanitzki: Nimm Platz, mein Junge. Mach's dir bequem.

Ben Tirosch: Danke vielmals. Schon als Kind war ich ein Podmanitzki-Verehrer. Sie können meine Mutter fragen, wenn Sie wollen. Und jetzt spielen wir wirklich und wahrhaftig im selben Stück. Auf jeder Probe habe ich Lampenfieber.

Podmanitzki: Das ist begreiflich, mein Junge.

Ben Tirosch: Ich heiße Ben Tirosch. Joseph Ben Tirosch.

Podmanitzki: Wir verstehen einander. Und jetzt sprechen wir ein wenig über die Hinrichtungsszene. Du spielst meinen Henker, wenn ich nicht irre.

Ben Tirosch: Ja. Es ist mir eine Ehre.

Podmanitzki: Sei so gut und unterbrich mich nicht. Mir gefällt diese Szene. Auch wie du dich bei den Proben anstellst, gefällt mir. Das heißt: in schauspielerischer Hinsicht. Bis zu dem Augenblick, wo du den Mund aufmachst. Was hast du mir da zu sagen? Ich meine: wenn ich das Gerüst ersteige. Was sagst du mir da?

Ben Tirosch: Wer, ich?

Podmanitzki: Ja. Laß hören.

Ben Tirosch: Meinen Text?

Podmanitzki: Natürlich deinen Text. Was sagst du?

Ben Tirosch: »Mach schneller«, sage ich. »Nicht so langsam!«

Podmanitzki: Und weiter?

Ben Tirosch: »Oder soll ich dir Beine machen, du dreckiger Lump?!«

Podmanitzki: Das sagst du mir?

Ben Tirosch: Ja. Es ist mein Text.

Podmanitzki: »Dreckiger Lump«?

Ben Tirosch: Es ist mein Text.

Podmanitzki: Wie alt bis du, mein Junge?

Ben Tirosch: Zweiundzwanzig. Im Juli werde ich zweiundzwanzig.

Podmanitzki: Zweiundzwanzig! Und du schämst dich nicht, mit einem der ältesten Schauspieler dieses Landes so zu sprechen? Mit einem in Ehren ergrauten Veteranen, der seit achtunddreißig Jahren zu den führenden Kräften der hebräischen Bühne gehört?

Ben Tirosch: Aber wenn das doch mein Text ist, Herr Podmanitzki ...

Es steht wörtlich so in meinem Rollenbuch, sehen Sie ... Und hier steht auch, daß ich Herrn Podmanitzki ... kräftig ... also treten muß ... also in den Hintern ...

Podmanitzki: Dazu kommen wir später.

Ben Tirosch: Die Rolle schreibt es so vor.

Podmanitzki: Du hast nicht nur eine Rolle, du hast eine Pflicht! Deine Pflicht ist es, zu lernen. Und Respekt zu haben vor den Pionieren des israelischen Theaters. Wie war doch gleich dein Name?

Ben Tirosch: Tirosch. Ben Joseph.

Podmanitzki: Ausgezeichnet. Und merk dir: wenn du es zu etwas bringen willst, mußt du immer daran denken, daß Yarden Podmanitzki für das Publikum ein Begriff ist.

Ben Tirosch: Auch für mich, Herr Podmanitzki! Glauben Sie mir, auch für mich!

Podmanitzki: Warum macht es dich dann so glücklich, mich vor aller Augen zu beschimpfen und zu mißhandeln?

Ben Tirosch: Das macht mich glücklich. Wieso macht mich das glücklich? Außer Sie meinen die Erklärung, die mir unser Regisseur gegeben hat ... aus Frankreich ... Herr Monsieur Boulanger. Der hat mir also gesagt, daß es mir eine innere Genugtuung bereitet, Sie zu hassen. Natürlich nur im Stück. Weil Sie der Anführer der Rebellen sind, die wir gefangen haben.

Podmanitzki: Für einen französischen Goj bin ich vielleicht der Anführer der Rebellen. Für dich, mein Junge, bin ich Yarden Podmanitzki. Wie darfst du es wagen, mich in den Hintern zu treten?

Ben Tirosch: Ich dachte ... die Rolle ...

Podmanitzki: Rolle, Schmolle. Wenn Mischa Honigmann den Henker gespielt hätte ... er ist ein miserabler Schauspieler, gewiß, und trotzdem steht er seit dreißig Jahren auf der Bühne. Aber du, du kleine Wanze aus dem Seminar, was sage ich, aus dem Kindergarten – du hast die Stirn, einem Mann, der dein Vater sein könnte, du hast die Frechheit, deinen Vater auf offener Szene zu verhöhnen und in den Dreck zu zerren?! Weißt du, was ich in meinem Leben schon alles gespielt habe? Helden! Propheten! Könige! Schön, diesmal bin ich nur ein Rebellenführer. Einverstanden. Aber berechtigt dich das, mir öffentlich ins Gesicht zu spucken?

Ben Tirosch: Bou ... Bou ... Boulanger ...

Podmanitzki: Sprich mir nicht von diesem Kretin! Er hat keine Ahnung vom Theater. Außerdem geht er wieder nach Paris zurück, und ich bleibe hier.

Ben Tirosch: Natürlich. Sie haben ganz recht, Herr Podmanitzki. Bitte bedenken Sie, daß ich erst seit kurzer Zeit beim Theater bin.

Podmanitzki: Deshalb mache ich mir ja die Mühe, so ausführlich mit dir zu sprechen, mein lieber –

Ben Tirosch: Ben Joseph. Tirosch.

Podmanitzki: Eben. Und jetzt hör mir gut zu, mein Junge. Von morgen an wird Yarden Podmanitzki auf der Bühne nicht mehr vor dir niederknien. Hast du verstanden?

Ben Tirosch: Wie sollte ich nicht, Herr Podmanitzki! Es wäre ja wirklich zum Lachen, wenn Sie, ein Podmanitzki, vor mir, einem Anfänger –

Podmanitzki: Du hast es erfaßt. Ich werde also hoch aufgerichtet auf den Stufen stehen, die zum Galgen hinaufführen, und du wendest dich an mich und sagst – nun, was sagst du?

Ben Tirosch: Ich sage: »Mach schnell!«

Podmanitzki: Verrückt geworden? So kannst du vielleicht mit deinesgleichen reden, mit den Statisten, aber nicht mit mir!

Ben Tirosch: Entschuldigen Sie. Vielleicht sollte ich sagen: »Komm herauf!«

Podmanitzki: Kommen Sie herauf, wenn ich bitten darf.

Ben Tirosch: Jawohl. Kommen Sie herauf.

Podmanitzki: Wenn ich bitten darf!

Ben Tirosch: Das auch?

Podmanitzki: Selbstverständlich. Ist es dir zuviel?

Ben Tirosch: Nein, keine Spur. Ich dachte nur . . .

Podmanitzki: Denk nicht und sprich deinen Text. Den ganzen.

Ben Tirosch: Kommen Sie herauf, wenn ich bitten darf.

Podmanitzki: Ich habe auch einen Namen, oder?

Ben Tirosch: Kommen Sie herauf, wenn ich bitten darf, Herr Podmanitzki.

Podmanitzki: Meinen Namen im Stück, du Idiot!

Ben Tirosch: Ach ja, Verzeihung. Kommen Sie herauf, wenn ich bitten darf, Herr Gonzales!

Podmanitzki: Was heißt da Gonzales? Federico Manuel Pedro Gonzales y Zamorra!

Ben Tirosch: Augenblick, ich schreib's mir auf.

Podmanitzki: Schreib nur, mein Junge, schreib.

Ben Tirosch: Vielleicht ... wie wäre das ... vielleicht könnte ich vor Herrn Podmanitzki auf die Knie fallen?

Podmanitzki: Eine hochinteressante Idee. Du hast Theaterinstinkt, mein Junge. Recht begabt, was du da vorschlägst. Und es ändert nicht das geringste an deiner Rolle. Das Unvermeidliche nimmt seinen Lauf, nicht wahr, du bist der Henker, du bist sozusagen verpflichtet, den Rebellenführer zu hassen – aber wenn du mir dann Aug in Aug gegenüberstehst, ist es vorbei. Du gerätst in den magischen Bannstrahl meiner Bühnenpersönlickeit, du beginnst zu schrumpfen, du wirst klein und immer kleiner, du stehst als lächerlicher Zwerg vor einem Giganten des zeitgenössischen Theaters.

Ben Tirosch: Ja, Herr Podmanitzki! Ja! Ja!

Podmanitzki: Und dann trete ich dich in den Hintern und sage: »Tu deine Pflicht, du räudiger Hund!«

Ben Tirosch: Herrlich! Schade, daß ich nicht von selbst –

aber da fällt mir ein: was wird Monsieur Boulanger dazu sagen?

Podmanitzki: Er versteht kein Hebräisch.

Ben Tirosch: Richtig, das hatte ich ganz vergessen. Und dann . . . nachher . . . darf ich Herrn Podmanitzki dann aufhängen?

Podmanitzki: Kümmer dich nicht. Ich häng mich selber auf.

Ben Tirosch: Großartig. Also von der morgigen Probe angefangen!

Podmanitzki: Ja. Aber du brauchst niemanden davon zu erzählen. Es ist ein Geheimnis zwischen uns beiden. Zwischen mir, Yarden Podmanitzki, und dir – na – wie –

Ben Tirosch: Tirosch, Joseph. Ben.

Podmanitzki: Auch zu Boulanger kein Wort.

Ben Tirosch: Natürlich nicht.

Podmanitzki: Kann ich mich auf dich verlassen?

Ben Tirosch: Ich schwöre!

Podmanitzki: Gut. Du hast eine große Zukunft vor dir. mein Junge.

Ben Tirosch: Es wird immer mein höchstes Ziel sein, Ihr Vertrauen zu rechtfertigen, Herr Podmanitzki!

Podmanitzki. Na schön. Also bis morgen, auf der Probe.

Ben Tirosch: Ja, Herr Podmanitzki. Ich danke Ihnen, Herr Podmanitzki. Ich danke Ihnen für alles!

(Er geht ab, taumelnd vor Glück und Seligkeit. Am nächsten Tag wird er auf Anordnung Boulangers von der Probe gewiesen und aus dem Vertrag entlassen, weil er sein Rollenverhalten geändert hat.)

Als Gott der Herr den Himmel und die Erde schuf, achtete er darauf, daß ein jegliches Geschöpf wider die Unbill der grausamen Natur geschützt sei. Dem Löwen gab er Stärke, dem Reh die schnellen Beine, der Schildkröte den Panzer. Nur ein einziges seiner Geschöpfe hat er vergessen: mich.

Die Macht der Feder

Meine obige Klage bezieht sich unverkennbar auf die Regierung und die von ihr Beamteten. Das Gefühl der unrettbaren Hilflosigkeit, das mich vor amtlichen Pulten, Schaltern, Schiebefenstern und dergleichen überkommt, ist nicht zu schildern, nicht einmal von mir. Wann immer ich einem Verkörperer staatlicher Autorität gegenüberstehe, werde ich von wilden Zweifeln an meiner Existenz gepackt und reduziere mich auf den Status eines geistig zurückgebliebenen Kindes, das nicht nur kurzsichtig ist, sondern auch stottert.

Eines Tages jedoch ...

Eines Tages betrat ich das Postamt, um ein Paket abzuholen. Der Beamte saß hinter den Gitterstäben seines Schalters und spitzte Bleistifte. Es gibt, wie man weiß, viele Arten, Bleistifte zu spitzen: mit einem der eigens dafür hergestellten Bleistiftspitzer oder mit einer dieser durch Handkurbel betriebenen Spitzmaschinen, die man an der Wand befestigen kann, oder mit einer Rasierklinge. Der Beamte, vor dem ich stand, verwendete ein Renaissancetaschenmesser, dessen eigentliche Bestimmung irgendwann einmal das edle Schnitzhandwerk gewesen sein muß. Er leistete harte Arbeit. Jedesmal,

wenn er einen festen Ansatzpunkt für die Klinge gefunden hatte, rutschte sie ab. Wenn sie ausnahmsweise einmal nicht abrutschte, riß sie große Keile Holz aus dem Bleistift. Manchmal nahm sie auch etwas Mine mit.
Lange Zeit sah ich ihm still und aufmerksam zu. Ich ließ meine stürmische Jugend vor meinem geistigen Auge Revue passieren, erwog und entschied einige brennende politische Probleme, dachte auch über Fragen des Haushalts nach und erinnerte mich bei dieser Gelegenheit, daß der undichte Wasserhahn in unserem Badezimmer noch immer nicht repariert war. Da ich ein pedantischer Mensch bin, zog ich Notizbuch und Bleistift hervor und notierte das Stichwort »Installateur«, mit einem Rufzeichen dahinter.
Und dann geschah es. Der bleistiftspitzende Beamte hörte mit dem Bleistiftspitzen auf und fragte:
»Darf ich fragen, was Sie da aufgeschrieben haben?« Er fragte das keineswegs hämisch, sondern höflich.
»Ich habe mir eine Notiz gemacht«, antwortete ich tapfer. »Darf man das nicht?«
Der gesamte Bleistiftvorrat des Beamten verschwand mit einem Hui in seiner Lade. Er selbst, der Beamte, setzte ein Lächeln auf, das mir nicht ganz frei von einer leisen Nervosität schien:
»Entschuldigen Sie bitte, daß ich nicht sofort zu Ihrer Verfügung war. Was kann ich für Sie tun?«
Er wurde immer höflicher, erledigte mein Anliegen auf die liebenswürdigste Weise, entschuldigte sich nochmals, daß er mich hatte warten lassen, und bat mich, meiner Gemahlin seine besten Empfehlungen zu überbringen.

Und das alles, weil ich – offenbar im richtigen Augenblick und mit dem richtigen Gesichtsausdruck – etwas in mein Notizbuch geschrieben hatte.
Kein Zweifel: ich war einer der umwälzendsten Entdeckungen des Jahrhunderts auf die Spur gekommen. Ein zweckmäßig verwendetes Notizbuch wirkt Wunder. Die Menschen im allgemeinen, und die vom Staat beamteten erst recht, stehen allem Geschriebenen, dessen Inhalt sie nicht kennen, mit Mißbehagen und Angstgefühlen gegenüber. »Verba volant, scripta manent«, das wußten schon die alten Römer. Gesprochenes verfliegt, Geschriebenes bleibt.
Seit damals mache ich Notizen, wann immer ich die Gelegenheit für gekommen erachte. Vor einigen Tagen ging ich in ein Schuhgeschäft und wurde bis Einbruch der Dämmerung nicht bedient. Ich zückte das Notizbuch, zückte meinen Bleistift, zählte bis zehn und trug eine Sentenz in das Büchlein ein, die sich mir aus Toussaint-Langenscheidts Übungsbuch der französischen Sprache unvergeßlich eingeprägt hat: »Das Loch in der Tasche meines Bruders ist größer als der Garten meines Oheims.«
Es wirkte. Der Ladeninhaber hatte mich gesehen und näherte sich ebenso bleich wie devot, um mich zu bedienen. Nicht einmal Polizisten vermögen den geheimen Kräften meines Zauberbuchs zu widerstehen. Alltäglich, wenn die Stunde der Strafzettelverteilung an parkenden Autos kommt, lauere ich im Hintergrund, trete im geeigneten Augenblick hervor und trage mit meiner Füllfeder (niemals einen Kugelschreiber benützen!) aufs Geratewohl ein paar Worte in mein Büchlein ein. Schon

schmilzt das Auge des Gesetzes, schon entkrampft sich seine offizielle Haltung, er schimpft nicht, er schreit nicht, er flötet: »Also gut, noch dieses eine Mal . . .«
Denn auch er fürchtet die Macht der Feder. Auch er beugt sich vor dem, was da geschrieben steht.
Schließlich sind wir das Volk des Buches, nicht wahr?

Eine alte jüdische Tradition macht es dem Wohlhabenden zur Pflicht, den Bettler von der Straße an seinen Tisch zu laden. Diese Tradition hat sich bis heute in unserem Staat erhalten – nur ist es heute sehr oft der Bettler, der die Rechnung zahlen muß.

Die Nacht, in der mein Haar ergraute

Die Premiere war vorüber. Nachdem wir in den Künstlergarderoben pflichtgemäß unsere Glückwünsche abgeliefert hatten, versammelten wir uns beim Bühnenausgang, um ernsthaft über die Dinge zu reden. Wir befanden uns in bester Stimmung, denn das Stück hatte einen einwandfreien Durchfall erlitten. Jetzt galt es, die Ursachen zu analysieren.

Plötzlich fragte Kunstetter (ich erinnere mich ganz genau, daß die Frage von Kunstetter kam):

»Wie wär's und wir gingen eine Kleinigkeit essen?«

Sein Vorschlag fand allgemeinen Beifall. Jemand empfahl das neueröffnete »Balalaika«-Restaurant, das – wie schon der Name vermuten ließ – feinste französische Küche offerierte. Die Preise in einem solchen Lokal liegen zwar etwas über dem Durchschnitt, aber nach einem schlechten Stück will man wenigstens gut essen.

Schon rein äußerlich machte die »Balalaika« einen erstklassigen Eindruck. Die holzgetäfelten Wände waren mit Gobelins geschmückt, das Licht kam aus hohen Kerzenhaltern und die Kellner aus Südfrankreich. Sechs Tische wurden zusammengeschoben, und bei dieser Gelegenheit zeigte sich, daß unsere Gesellschaft aus mehr als zwanzig Personen bestand, darunter eine Anzahl völlig Unbekannter. Das ist schon so beim Theater. Gewisse Randfiguren des Betriebs hängen sich immer an die Berühmtheiten an.

Obwohl die Preise unsere schlimmsten Befürchtungen übertrafen, bestellten wir allerlei kalte und warme Hors-d'œuvres und als Hauptgericht die Spezialitäten des Hauses. Alles schmeckte vorzüglich, der Wein war spritzig, die Konversation desgleichen, das Leben war schön, und zur Hölle mit kleinlichen Pfennigfuchserein.

Ich hatte gerade den letzten Bissen meines Steaks au poivre mit einem kräftigen Schluck Pommard heruntergespült, als meine Ehefrau, die beste von allen, mich am Ärmel zupfte.

»Ephraim«, flüsterte sie. »Schau!«

Tatsächlich: einige Plätze am Tisch waren leer. Ihre Inhaber mußten sich nach Beendigung der Mahlzeit verflüchtigt haben. Insgesamt tafelten noch zwölf Personen.

»Die als erste gehen, werden fallen«, lautet ein altes Wahrwort. Aber es ist nirgends die Rede davon, daß sie vorher zu zahlen haben . . .

Meine Blicke suchten den Oberkellner und fanden ihn. Er hatte sich in eine strategisch wichtige Ecke plaziert und stand in seinem einwandfreien Frack beinahe reglos da. Nur von Zeit zu Zeit hob er die buschigen Augenbrauen und machte Notizen.

Ich merkte, daß auch die Blicke der anderen auf ähnliche Art beschäftigt waren wie die meinen. Ihr sonderbares Flackern schien eine geheime Furcht auszudrücken, die sich nicht in Worte fassen läßt oder höchstens in die Worte: »Wer wird das bezahlen?«

Die nächste Bestandsaufnahme ergab zehn Verbliebene. Im Schutz der intimen Kerzenbeleuchtung hatte ein weiteres Paar den Raum verlassen.
Immer schleppender wurde die Konversation, immer dumpfer die Spannung, die über der Tafel lag. Niemand wagte seinen Nachbarn anzusehen. Fast glaubte man das Klicken der inneren Registrierkassen zu hören, die den Preis der einzelnen Bestellungen zusammenrechneten.
Nach und nach richteten sich alle Augen auf Kunstetter. Rein moralisch betrachtet, müßte eigentlich er für die Rechnung aufkommen. Die Einladung war ja von ihm ausgegangen. Ein anderer wäre gar nicht auf die Idee gekommen, nach einem so miserablen Theaterabend auch noch ein kostspieliges Restaurant aufzusuchen. Wie hatte Kunstetter gesagt? »Kommt, meine Freunde«, hatte er gesagt, »kommt und speist mit mir!« Möglicherweise hatte er sogar hinzugefügt: »Ihr seid meine Gäste« oder etwas Ähnliches. Jedenfalls stand fest, daß er der Veranstalter des Unternehmens war. Und er war ein rechtschaffener Mann. Er würde zahlen. Ganz gewiß würde er zahlen. Oder?
Neun Augenpaare hefteten sich auf ihn.
Kunstetter beendete mit nervenzermürbender Gelassenheit seine Mahlzeit und bestellte Kaffee. Wir hielten den Atem an. Hätte Kunstetter sich jetzt mit der Frage, ob jemand Kaffee wünsche, an die Runde gewandt, so hätte er sich damit eindeutig als Gastgeber deklariert und die Verantwortung für die finanzielle Seite der Angelegenheit auf sich genommen. Kunstetter tat nichts dergleichen. Gleichmütigen Gesichts schlürfte er seinen Kaffee und plauderte Belangloses mit Madame Kunstetter.

Unterdessen hatten noch ein paar Ratten das sinkende Schiff verlassen. Die Passagierliste war auf sieben verlorene Seelen geschrumpft.
Wer zahlt?
Längst waren alle Gespräche versickert. Dann und wann fiel eine kurze Bemerkung über Vietnam oder über das jüngste Ehescheidungsgerücht, aber das wahre Interesse der Anwesenden galt nur noch eben dieser Anwesenheit: jede weitere Verminderung würde für die Zurückbleibenden ein Anwachsen der Zahlungsgefahr bedeuten, dessen waren sich alle bewußt.
Eine der Geiseln, Ben-Zion Ziegler, erhob sich mit demonstrativer Gleichgültigkeit:
»Entschuldigen Sie mich, bitte«, sagte er. »Ich muß einen dringenden Anruf machen.«
Ohne Hast, als wäre es das Selbstverständlichste von der Welt, schlug er die Richtung zu der nahe beim Ausgang gelegenen Telefonzelle ein.
Kalter Schweiß trat auf unsere Stirnen. Erst jetzt fiel uns auf, daß Ziegler ohne seine Frau gekommen war, was ihm erhöhte Bewegungsfreiheit gewährte.
Er kam nie zurück. Wochen später berichtete ein angeblicher Augenzeuge, daß Ziegler tatsächlich die Telefonzelle betreten und hernach zu unserem Tisch zurückgewinkt hätte, bevor er das Lokal verließ. Niemand hatte ihn winken gesehen. Hat er überhaupt gewinkt? Und wenn er überhaupt gewinkt hat: was soll's? Wer zahlt?
Die Runde bröckelte weiter ab, die dumpfe Spannung nahm weiter zu. Ich verfluchte die Unachtsamkeit, die meine Frau und mich verführt hatte, unsere Plätze so zu

wählen, daß die Kellner in unserem Rücken standen und daß wir nicht sehen konnten, was sie dort planten. Wir waren in größter Gefahr, ihrer Verschwörung zum Opfer zu fallen. Jeden Augenblick konnte sich der Oberkellner von schräg seitwärts über mich beugen und mir die vornehm unter einer Serviette verborgene Rechnung zuschieben. Ich hatte keine Ausweichmöglichkeit. Ich war wehrlos.

Und dann geschah etwas Entsetzliches.

Mit dem Ausruf »Um Himmels willen!« sprang Kunstetter auf, wobei er einen besorgten Blick auf seine Uhr warf. »Unser Babysitter!« Und eh wir uns dessen versahen, hatte er mit seiner Frau den Tisch verlassen.

Ingenieur Glick öffnete den Mund, als ob er ihm etwas nachrufen wollte, brachte aber nur ein unartikuliertes Gurgeln hervor und sank aschfahl in seinen Sessel zurück. Kunstetter war unsere letzte Hoffnung. Jetzt, nach seiner feigen Flucht, bestand die Zahl der Eingeschlossenen aus drei Ehepaaren: den Glicks, den Bar-Honigs und uns. Ich sah mich um. Der Oberkellner stand noch immer in seiner Ecke und fixierte uns unter buschigen Augenbrauen. Nie im Leben habe ich so buschige Augenbrauen gesehen.

Wie hoch die Rechnung wohl sein würde? Kalte und warme Vorspeisen, Steaks vom Infragrill, gepflegte Weine ...

Plötzlich begann Frau Bar-Honig mit ihrem Gatten polnisch zu reden. Man brauchte keinen Dolmetscher, um zu verstehen, worum es ging.

Ich war entschlossen, nicht nachzugeben. Wie zur Bekräftigung fühlte ich die Hand der besten Ehefrau von allen in der meinen. Es tut gut, in den wirklich kritischen Situationen, die uns das Schicksal auferlegt, nicht allein zu sein. Ich erwiderte ihren Händedruck. Wir wußten, daß jetzt der Kampf auf Tod oder Leben begonnen hatte. Ein achtloser Schritt – und du bist verloren. Aufgepaßt, alter Junge! Wer jetzt eine Andeutung innerer Schwäche erkennen läßt oder vielleicht gar eine kleine Gebärde macht, die der Ober als Zeichen von Zahlungswilligkeit mißdeuten könnte, hat es sich selber zuzuschreiben. Vor meinem geistigen Auge tauchten die vielen tragischen Fälle auf, in denen ein Unschuldiger die Rechnung für eine ganze Gesellschaft zahlen mußte, nur weil er unbedachterweise die Hand gehoben hat, um eine Fliege zu verscheuchen: schon war mit einem Satz der Kellner da und drückte ihm den unheilvollen Wisch in die Hand. Also keine Handbewegung. Überhaupt keine Bewegung.

Eiserne Ruhe.

Es ging auf drei Uhr früh. Obwohl unser Tisch schon seit zwei Stunden der einzige noch besetzte war, fühlten wir uns untereinander völlig isoliert. Niemand wollte es riskieren, den Aufbruch vorzuschlagen. Wer solches täte, würde unweigerlich die Aufmerksamkeit des Oberkellners auf sich ziehen und müßte die Rechnung zahlen.

Da – was war das? Bar-Honig und Ingenieur Glick sprachen plötzlich mit auffallender Lebhaftigkeit aufeinander ein, ihre Gattinnen unterbrachen sie, fielen ihnen und sich selbst ins Wort, steigerten das Gespräch zu immer größerer Intensität ... es war klar, was hinter dem Manöver steckte: der Kellner mußte sich auf den Weg zu unserem Tisch gemacht haben, und da die ande-

ren so tief in ihr Gespräch verwickelt waren, würde er sich an mich als an den einzig Zugänglichen wenden.
Mir blieben nur noch wenige Sekunden. Mein Hirn arbeitete fieberhaft. Und dann hatte ich einen meiner bekannt genialen Einfälle. Ich würde die anderen glauben machen, daß ich tatsächlich bereit wäre, die Rechnung zu übernehmen, würde mittels einiger gezückter Geldscheine ihr Vertrauen gewinnen, und einer oder der andere würde sich schließlich dazu verleiten lassen, aus purer Formalität eine Floskel zu murmeln wie: »Nein ... lassen Sie doch ...« oder dergleichen. Zu seiner namenlosen Bestürzung würde ich daraufhin mit einem eilfertigen »Bitte sehr, ganz wie Sie wünschen!« die Rechnung an ihn weiterschieben und würde zusammen mit meiner Frau sofort verschwinden. Diese Endspielvariante ist allgemein als »Haifarochade« bekannt, weil sie von einem dortigen Industriellen anläßlich einer Silvestereinladung zum erstenmal praktiziert wurde.
Ich wandte mich also halb um und rief laut und deutlich: »Herr Ober! Die Rechnung, bitte!«
Die Ehepaare Bar-Honig und Glick verstummten augenblicklich und lehnten sich erleichtert zurück, während ich mit unnachahmlicher Eleganz meine Brieftasche hervorzog und scheinbar unbeteiligt auf den Effekt der Haifarochade wartete.
Diesmal versagte sie kläglich. Weder Glick noch Bar-Honig rangen sich auch nur zu einem Ansatz jener guten Manieren durch, die man von halbwegs zivilisierten Menschen füglich erwarten darf. Sie saßen stumm und mit gesenkten Augen, nur ihre Nasenflügel vibrierten ein wenig, das war alles. Um die Mundwinkel Ingenieur

Glicks glaubte ich sogar ein schäbiges Lächeln spielen zu sehen, aber da handelte es sich wohl schon um eine Fiebervision, wie sie auf einen zum Untergang Verurteilten eindringt.

Mit zwei Fingern lüftete ich die Serviette, gerade weit genug, um die Endsumme der Rechnung ins Blickfeld zu bekommen.

Sie belief sich auf 160 Pfund.

»Bitte nur zu unterschreiben, Monsieur«, sagte der Kellner. »Herr Kunstetter hat alles auf sein Konto setzen lassen.«

Ich krallte meine freie Hand ins Tischtuch. Nie werde ich Kunstetter diese Nacht verzeihen. Nie. Warum hat er das getan? Warum hat er uns stundenlang in qualvollen Ängsten schmoren lassen? Was für ein sadistischer Schuft muß er sein, um auf eine solche Tücke zu verfallen?

Gleichmütig signierte ich die Rechnung, steckte meine Brieftasche wieder ein und verließ den Tisch, ohne mich nach den schäbigen Schnorrern umzusehen, die in starrer Bewunderung dasaßen. Jetzt hatten sie endlich einmal gesehen, wie ein wirklicher Gentleman sich als Herr der Lage zeigt.

Mein Ruf ist seither allenthalben gestiegen. Auch Sie werden schon davon gehört haben. »Man kann« – so heißt es immer wieder –, »man kann über Kishon sagen, was man will: aber großzügig ist er. Wirklich großzügig.«

Die hebräische Sprache hat ein Wort, für das es in keiner andern Sprache ein Gegenstück gibt: Protektion. Es bedeutet Förderung (meistens unverdiente Förderung) durch Briefe, persönliche Interventionen, Telefonanrufe, Querverbindungen und dergleichen typisch jüdische Dinge mehr. Der Übelstand ist heute schon so weit gediehen, daß man in manchen Restaurants die Gäste untereinander fragen hört: »Meine Herren, wer hat Beziehungen zum Kellner?« Als ob man ohne Beziehungen kein Steak serviert bekäme! Das ist natürlich übertrieben. Man bekommt es. Vielleicht mit einiger Verspätung, vielleicht zäh wie eine Schuhsohle, aber man bekommt es.

Paraphrase über ein volkstümliches Thema

Die wahre Geschichte, die ich im folgenden erzähle, beweist nachhaltig, daß Ehrlichkeit und Fairneß in unserer verlotterten Welt noch eine Chance haben. Der Held der Geschichte ist ein Neueinwanderer aus dem europäischen Osten mit Namen Wotitzky. Sein Ehrgeiz war, von Kindesbeinen an, eine irgendwie amtliche Tätigkeit, und gleich nach seiner Ankunft bewarb er sich um den Posten eines Portiers im Rathaus von Tel Aviv.

Wotitzky ist ein geborener Schlemihl mit zwei linken Füßen und großen, runden Augen, die verschreckt in eine unbegreifliche Welt blicken. Er spricht kein Wort Hebräisch. Aber soviel wußte er, daß über die Vergebung des Postens, für den noch Hunderte von Bewerbungen außer der seinen vorlagen, in letzter Instanz ein gewisser Schultheiß zu entscheiden hatte.

Wotitzky ging zu seinem Onkel, einem alteingesessenen Israeli, und bat ihn um Hilfe. Sein Onkel hatte einmal erwähnt, daß er gelegentlich mit Schultheiß im Kaffeehaus spielte.

Der Onkel krümmte sich vor Verlegenheit, denn seine Bekanntschaft mit Schultheiß war eine oberflächliche, gab aber schließlich dem Drängen seines hilfsbedürftigen Neffen nach und versprach ihm, bei nächster Gelegenheit mit Schultheiß zu sprechen.

Die nächste Gelegenheit kam erst Monate später, nach einem der vielen persönlichen Besuche, die der Neffe seinem Onkel zum Zwecke des Drängens abstattete.

»Ja, ich habe mit ihm gesprochen«, sagte der Onkel. »Und ich habe ihn dazu bewegen können, deinen Namen in sein Geheimnotizbuch einzutragen. Aber zur Sicherheit solltest du dich noch um andere Interventionen umsehen.«

Dankbar küßte Wotitzky die Hand seines Wohltäters, eilte zu der für ihn zuständigen Einwandererhilfsorganisation und warf sich dem geschäftsführenden Sekretär zu Füßen. Der Sekretär ließ sich erweichen und ging persönlich ins nahe gelegene Rathaus, um bei Schultheiß zu intervenieren. Wotitzky wartete.

»Es war nicht leicht«, berichtete hernach der Sekretär. »Ich mußte zuerst eine halbe Stunde antichambrieren und dann eine Stunde lang in ihn hineinreden. Aber ich hatte Erfolg. Er zog sein Geheimnotizbuch hervor und unterstrich den Namen Wotitzky mit roter Tinte.«

Wotitzky wußte vor Seligkeit und Dankbarkeit nicht aus noch ein. Fortan verrichtete er im Haus des Sekretärs niedrige Dienste, schrubbte die Stiegen und führte den

Hund spazieren. Zwischendurch bemühte er sich bei anderen wichtigen Persönlichkeiten um die Unterstützung seines Anliegens. Ein Mitglied des Stadtrats, zu dem er sich Zutritt verschafft hatte, diktierte in seiner Gegenwart einen Empfehlungsbrief, den er sofort am nächsten Tag abzuschicken versprach. Wotitzky schwamm auf Wogen von Glück. Wenige Tage später begegnete er einem Landsmann aus der alten Heimat, der es zu einer einflußreichen Stellung im kulturellen Leben der Stadt gebracht hatte und sich bei Schultheiß persönlich für seinen alten Freund verwenden wollte; auch er wußte alsbald Ermutigendes von Schultheiß' Reaktion zu erzählen. Und es kamen noch andere hinzu, die alle bei Schultheiß vorsprachen und alle mit froher Botschaft für Wotitzky zurückkehrten.

Und siehe, nach einem halben Jahr bestellte ihn Schultheiß selbst zu sich ins Rathaus:

»Ich gratuliere Ihnen«, sagte er. »Sie haben den Posten bekommen. Und wissen Sie, warum gerade Sie? Unter Hunderten von Bewerbern? Weil Sie der einzige waren, für den niemand interveniert hat!«

Auf Grund praktischer Erfahrungen und zahlreicher Statistiken steht fest, daß der durchschnittliche israelische Bürger eine heftige Vorliebe für Gerichtsverhandlungen hat, gleichgültig, ob er an ihnen als Kläger, als Beklagter oder als Verteidiger teilnimmt. Die einzige Funktion, in der er an einer Gerichtsverhandlung nicht und niemals teilzunehmen wünscht, ist die des Zeugen. Als Angeklagter kann man freigesprochen werden. Als Zeuge auf keinen Fall.

Der Prozess (nicht von Kafka) (oder doch?)

In der letzten Zeit mußte mein Freundeskreis wiederholt feststellen, daß ich fehlte. Ich fehlte nicht ohne Grund. Ich war in eine gerichtliche Angelegenheit verwickelt, die einen Verkehrsunfall mit tödlichem Ausgang zum Gegenstand hatte und die mich zweifeln läßt, ob ich in Hinkunft jemals wieder erhobenen Hauptes und offenen Blicks vor das Angesicht meiner ehrlichen, gesetzestreuen Mitbürger treten darf.

Der Verkehrsunfall, dessen Zeuge ich geworden war, hatte sich auf der Autostraße nach Tel Giborim zugetragen, und zwar um die Mittagszeit, und zwar stieß eine Regierungslimousine mit einem Radfahrer zusammen, der den Unfall nicht überlebte. Die Limousine hatte ein rotes Haltesignal überfahren, benützte eine Einbahnstraße in falscher Richtung und wurde von einem unzweifelhaft Volltrunkenen gesteuert. Als einziger am Tatort vorhandener Zeuge ließ ich mir von der Polizei das Versprechen abnehmen, bei der Gerichtsverhandlung zu erscheinen und auszusagen, die Wahrheit, die volle Wahrheit, und nichts als die Wahrheit.

Der Gerichtssaal war dicht gefüllt. Es hatte sich herumgesprochen, daß der Fahrer der Limousine eine bekannte Persönlichkeit war, die im Scheinwerferlicht der Öffentlichkeit stand, wenn auch in keinem vorteilhaften. Da die Persönlichkeit über beträchtliche Barmittel verfügte, stand ihr als Verteidiger einer der führenden Anwälte des Landes zur Seite, der sich sorgfältig auf die Verhandlung vorbereitet hatte. Wie sorgfältig, sollte ich bald zu merken bekommen.

Entsprechend meinem Rang als einziger Augenzeuge wurde ich gleich zu Beginn der Verhandlung einvernommen und nach der Beantwortung der üblichen Fragen dem Verteidiger der beklagten Partei ausgeliefert. Dieser erhob sich und informierte den Gerichtshof in kurzen, präzisen Worten von seiner Absicht, mich als einen unverantwortlichen Lügner und kriminellen Charakter zu entlarven, dessen Aussagen keinerlei Anspruch auf Glaubwürdigkeit besäßen. Dann wandte er sich zu mir und begann mit dem Kreuzverhör:

Verteidiger: »Herr Kishon, ist es wahr, daß Sie im Jahre 1951 wegen eines bewaffneten Raubüberfalls von der Interpol gesucht wurden?«

Ich: »Das ist nicht wahr.«

Verteidiger: »Wollen Sie damit sagen, daß es kein bewaffneter Raubüberfall war, weswegen Sie von der Interpol gesucht wurden?«

Ich: »Ich will damit sagen, daß ich überhaupt nicht gesucht wurde. Warum hätte ich plötzlich von der Interpol gesucht werden sollen?«

Verteidiger: »Wenn es also nicht die Interpol war – von welcher Polizei wurden Sie dann gesucht?«
Ich: »Ich wurde überhaupt nicht gesucht.«
Verteidiger: »Warum nicht?«
Ich: »Wie soll ich das wissen?«
Das war ein Fehler, ich merkte es sofort. Meine Antwort hätte lauten müssen: »Ich wurde von keiner wie immer gearteten Polizei der Welt jemals gesucht, weil ich mich nie im Leben gegen ein Gesetz vergangen habe.« Offenbar hatten mir die Nerven versagt. Nicht nur die große, angespannt lauschende Zuschauermenge machte mich nervös, sondern mehr noch die zahlreichen Pressefotografen und Reporter, die schon während meiner Aussage zu den Telefonen stürzten, um ihre Zeitungen über jedes von mir gesprochene Wort zu unterrichten.
Der Verteidiger wechselte ein paar leise Worte mit seinem Mandanten und setzte das Kreuzverhör fort.
Verteidiger: »Trifft es zu, Herr Kishon, daß Sie wegen Verführung einer Minderjährigen zu Gefängnis von zwei Jahren und acht Monaten verurteilt wurden?«
Ich: »Nein, das trifft nicht zu.«
Verteidiger: »Nicht? Zu welcher Strafe wurden Sie wegen Verführung einer Minderjährigen verurteilt?«
Ich: »Ich wurde wegen Verführung einer Minderjährigen weder verurteilt noch angeklagt.«
Verteidiger: »Sondern? Was für eine Anklage war es, die zu Ihrer Verurteilung geführt hat?«
Ich: »Es gab keine Anklage.«
Verteidiger: »Wollen Sie behaupten, Herr Kishon, daß man in unserem Land zu Gefängnisstrafen verurteilt werden kann, ohne daß es eine Anklage gibt?«

Ich: »Ich war nie im Gefängnis.«
Verteidiger: »Ich habe nicht gesagt, daß Sie im Gefängnis waren. Ich habe nur gesagt, daß Sie zu einer Gefängnisstrafe verurteilt wurden. Verdrehen Sie mir nicht das Wort im Mund, Herr Kishon. Antworten Sie mit Ja oder Nein.«
Ich: »Ich wurde nie zu einer Gefängnisstrafe verurteilt und bin nie im Gefängnis gesessen.«
Verteidiger: »Dann sagen Sie mir doch bitte, welches Urteil gegen Sie wegen Verführung einer Minderjährigen gefällt wurde!«
Ich: »Es wurde überhaupt kein Urteil gefällt.«
Verteidiger: »Warum nicht?«
Ich: »Was heißt das: warum nicht? Weil es keinen solchen Prozeß gegen mich gegeben hat!«
Verteidiger: »Was für einen Prozeß hat es denn sonst gegeben?«
Ich: »Wie soll ich das wissen?«
Abermals hatte er mich erwischt. Kein Wunder. Ich war gekommen, um über einen Verkehrsunfall auszusagen, und statt dessen überrumpelte man mich mit unmöglichen autobiographischen Fragen. Zudem irritierte mich die feindselige Haltung der Zuschauer immer mehr. Ununterbrochen flüsterten sie miteinander, stießen sich gegenseitig an, deuteten auf Bekannte und verzogen ihre Gesichter zu sarkastischem Grinsen. Am Beginn der fünften Stunde meines Kreuzverhörs schlich sich auch noch ein Zeitungsverkäufer in den Saal ein und erzielte reißenden Absatz mit einer Spätausgabe der »Abendzeitung«. Die Schlagzeile lautete: KISHON VERFÜHRT MINDERJÄHRIGE. Darunter, in bedeu-

tend kleinerer Type: BESTREITET ALLES – VERHÖR DAUERT AN. Mir zitterten die Knie, als ich das las, und der Gedanke an meine arme Frau verursachte mir große Bangigkeit. Meine Frau verfügt über eine Reihe vortrefflicher Eigenschaften, aber ihr geistiger Zuschnitt ist eher simpel, und da sie den Unterschied zwischen »Gerichtshof« und »Rechtsanwalt« vielleicht nicht ganz genau ermessen kann, wird sie am Ende glauben, daß all diese absurden Anschuldigungen vom Gericht erhoben worden wären und nicht vom Anwalt des Angeklagten ... Aber was half's.

Verteidiger: »Stimmt es, Herr Kishon, daß Ihre erste Frau sich von Ihnen scheiden ließ, nachdem Sie aus einer Irrenanstalt entsprungen waren, und daß Sie die Hilfe der Polizei in Anspruch nehmen mußte, um wieder in den Besitz der von Ihnen verpfändeten Schmuckstücke zu gelangen?«

Der Vorsitzende machte mich aufmerksam, daß ich Fragen über meinen Ehestand nicht beantworten müsse. Nach einigem Nachdenken beschloß ich, von dieser Möglichkeit Gebrauch zu machen, um so mehr, als meine Frau sich von mir niemals scheiden ließ und mir in treuer ehelicher Liebe zugetan ist. Leider wurde die Animosität des Publikums durch mein Schweigen noch weiter gesteigert, und eine Dame mit Brille, die in der ersten Reihe saß, spuckte mir sogar ins Gesicht. Ich aber trotzte allen Fährnissen und verweigerte auch die Antwort auf die nächsten Fragen des gegnerischen Anwalts: ob es zutreffe, daß ich im Jahre 1948 vom Militär desertiert sei? Und ob ich meinen kleinen Sohn mit Stricken oder mit einer Kette ans Bett zu fesseln pflege?

An dieser Stelle kam es zu einem bedauerlichen Zwischenfall. Der Vorwurf der Kindesmißhandlung erregte einen Automechaniker im Zuschauerraum so sehr, daß er unter wilden Flüchen aufsprang und nur mit Mühe daran gehindert werden konnte, sich auf mich zu stürzen. Der Vorsitzende ließ ihn aus dem Saal weisen, womit die Würde des Gerichts wiederhergestellt war. Auf meine eigene Position indessen wirkte sich das alles höchst nachteilig aus, und als ich in der Hand des Verteidigers die lange Liste der Fragen sah, die er noch an mich zu richten plante, erlitt ich den längst fälligen Nervenzusammenbruch. Mit schluchzender Stimme rief ich aus, daß ich ein Geständnis abzulegen wünsche: Ich, nur ich und niemand als ich hätte den Radfahrer auf der Straße nach Tel Giborim überfahren.

Der Vorsitzende belehrte mich, daß ich bis auf weiteres nur als Zeuge hier stünde, und das Kreuzverhör nahm seinen Fortgang.

Verteidiger: »Trifft es zu, Herr Kishon, daß Sie zum Lohn für eine ähnliche ... hm ... Zeugenaussage in Sachen eines Verkehrsunfalls, der sich im Dezember vorigen Jahres zutrug, von einem der reichsten Importeure des Landes mit drei kostbaren Perserteppichen beschenkt wurden?«

Ich: »Nein.«

Verteidiger: »Heißt das, daß Sie keine Teppiche in Ihrer Wohnung haben?«

Ich: »Doch, ich habe Teppiche in meiner Wohnung.«

Verteidiger: »Heimische oder ausländische?«

Ich: »Ausländische.«

Verteidiger: »Und wie viele?«

Ich: »In jedem Zimmer einen.«
Verteidiger: »Wie viele Zimmer hat Ihre Wohnung, Herr Kishon?«
Ich: »Drei.«
Verteidiger: »Danke. Ich habe keine weiteren Fragen.«
Mit selbstgefälliger Grandezza begab sich der Verteidiger auf seinen Platz. Im Publikum brach ein Beifallssturm los. Der Vorsitzende drohte mit der Räumung des Saales, meinte das jedoch nicht ganz ernst. Im gleichen Augenblick erschien der Zeitungsverkäufer mit einer neuen Spätausgabe. Auf der Titelseite sah ich ein offenbar während des Verhörs aufgenommenes Foto von mir und dazu in balkendicken Lettern die Überschrift: TEPPICHSKANDAL IM GERICHT AUFGEROLLT – KISHON: »BESITZT AUSLÄNDISCHE TEPPICHE, ABER NICHT VOM IMPORTEUR!« – GEGENANWALT: »LÜGNER!«
Ich bat, mich entfernen zu dürfen, aber der Staatsanwalt hatte noch einige Fragen an mich. Sie betrafen, zu meiner nicht geringen Überraschung, den Verkehrsunfall von Tel Giborim. Der Staatsanwalt fragte mich, ob der Beklagte meiner Meinung nach rücksichtslos gefahren sei. Ich bejahte und wurde entlassen. Ein Gerichtsdiener schmuggelte mich durch einen Seiteneingang hinaus, um mich vor der wütenden Menge zu schützen, die sich nach Erscheinen der dritten Spätausgabe zusammengerottet hatte und mich lynchen wollte. Seither lebe ich, wie schon eingangs angedeutet, äußerst zurückgezogen und gehe nur selten aus. Ich warte, bis genügend Zeit verstrichen ist und die Fragen des Anwalts allmählich aus dem Gedächtnis der Öffentlichkeit entschwinden.

Zur Erinnerung an den Besuch des berühmten amerikanischen Schriftstellers John Steinbeck. Und zur Mahnung.

Erholung in Israel

»Kellner! Herr Ober!«

»Jawohl, Herr Sternberg.«

»Frühstück für zwei, bitte.«

»Jawohl. Zweimal Frühstück. Sofort. Ich wollte Sie nur noch rasch etwas fragen, Herr Sternberg. Sind Sie der Schriftsteller, über den man jetzt so viel in den Zeitungen liest?«

»Mein Name ist John Steinbeck.«

»Aha. Erst gestern habe ich ein Bild von Ihnen in der Zeitung gesehen. Aber da hatten Sie einen größeren Bart, kommt mir vor. Es war auch ein Artikel dabei, daß Sie einen Monat hier bleiben wollen und daß Sie inkognito sind, damit man Sie nicht belästigt. Ist das Ihre Frau?«

»Ja, das ist Frau Steinbeck.«

»Schaut aber viel jünger aus als Sie.«

»Ich habe das Frühstück bestellt.«

»Sofort, Herr Steinberg. Sie müssen wissen, daß alle möglichen Schriftsteller in dieses Hotel kommen. Erst vorige Woche hatten wir einen hier, der ›Exodus‹ geschrieben hat. Haben Sie ›Exodus‹ gelesen?«

»Nein.«

»Ich auch nicht. So ein dickes Buch. Aber ›Alexis Sorbas‹ habe ich gesehen. Wann haben Sie ›Alexis Sorbas‹ geschrieben?«

»Ich habe ›Alexis Sorbas‹ nicht geschrieben.«

»Hat mir großartig gefallen, der Film. An einer Stelle wäre ich vor Lachen beinahe zersprungen. Wissen Sie, dort wo –«
»Ich hätte zum Frühstück gerne Kaffee. Und Tee für meine Frau.«
»Sie haben ›Sorbas‹ nicht geschrieben?«
»Nein. Das sagte ich Ihnen ja schon.«
»Für was hat man Ihnen dann den Nobelpreis gegeben?«
»Für die ›Früchte des Zorns‹.«
»Also Kaffee und Tee, richtig?«
»Richtig.«
»Sagen Sie, Herr Steinberg: wieviel bekommt man für so einen Preis? Stimmt es, daß er eine Million Dollar einbringt?«
»Könnten wir dieses Gespräch nicht nach dem Frühstück fortsetzen?«
»Da habe ich leider keine Zeit mehr. Warum sind Sie eigentlich hergekommen, Herr Sternberg?«
»Mein Name ist Steinbeck.«
»Sie sind aber kein Jude, nicht wahr?«
»Nein.«
»Hab ich mir gleich gedacht. Amerikanische Juden geben kein Trinkgeld. Schade, daß Sie ausgerechnet jetzt gekommen sind, wo es fortwährend regnet. Jetzt gibt es hier nichts zu sehen. Oder vielleicht sind Sie in Israel an etwas ganz Speziellem interessiert?«
»Ich möchte ein weichgekochtes Ei.«
»Drei Minuten?«
»Ja.«
»Sofort. Ich weiß, Herr Steinberg, in Amerika ist man es nicht gewöhnt, sich mit Kellnern so ungezwungen zu

unterhalten. In Israel ist das anders. Wir haben Atmosphäre. Übrigens war ich nicht immer ein Kellner. Ich habe Orthopädie studiert, zwei Jahre lang. Leider braucht man hierzulande Protektion, sonst kommt man nicht weiter.«

»Bitte bringen Sie uns das Frühstück, mit einem weichen Ei.«

»Drei Minuten, Herr Steinberg, ich weiß. Aber dieser ›Sorbas‹ – das war vielleicht ein Film! Auch wenn Sie gegen Schluß ein wenig zu dick aufgetragen haben. Unser Koch hat mir gesagt, daß es von Ihnen auch noch andere Theaterstücke und Filme gibt. Ist das wahr?«

»Ja.«

»Was, zum Beispiel?«

»Zum Beispiel ›Jenseits von Eden‹.«

»Hab ich gesehn! Mein Ehrenwort, das hab ich gesehn! Zum Brüllen komisch. Besonders diese Szene, wo sie versuchen, die Bäume aus dem Wald zu transportieren –«

»Das kommt in ›Alexis Sorbas‹ vor.«

»Ja, richtig. Da haben Sie recht. Also was schreiben Sie sonst?«

»Von Mäusen und Menschen.«

»Mickymaus?«

»Wenn ich nicht bald das Frühstück bekomme, muß ich verhungern, mein Freund.«

»Sofort. Nur noch eine Sekunde. Mäuse, haben Sie gesagt. Das ist doch die Geschichte, wo die Batja Lancet mit diesem Idioten ins Bett gehen will.«

»Wie bitte?«

»Und das ist so ein dicker Kerl, der Idiot, das heißt, in Wirklichkeit ist er gar nicht so dick, aber sie stopfen ihm lauter Kissen unter die Kleider, damit er dick aussieht, und sein Freund neben ihm ist ganz mager, und der dicke Kerl will immer Mäuse fangen und – wieso wissen Sie das eigentlich nicht?«

»Ich kenne den Inhalt meiner Stücke.«

»Natürlich. Wenn Sie glauben. Jedenfalls muß man auf diesen dicken Idioten immer aufpassen, damit er die Leute nicht verprügelt, aber wie der Sohn vom Boß dann mit der Batja Lancet frech wird, steht er ganz ruhig auf und geht zu ihm hinüber und –«

»Kann ich mit dem Geschäftsführer sprechen?«

»Nicht nötig, Herr Steinberg. Es wird alles sofort da sein. Aber diese Mäuse haben mir wirklich gefallen. Nur der Schluß der Geschichte, entschuldigen Sie – also der hat mich enttäuscht. Da hätte ich von Ihnen wirklich etwas Besseres erwartet. Warum müssen Sie diesen dicken Kerl sterben lassen? Nur weil er ein bißchen schwach im Kopf ist? Deshalb bringt man einen Menschen nicht um, das muß ich Ihnen schon sagen.«

»Gut, ich werde das Stück umschreiben. Nur bringen Sie uns jetzt endlich –«

»Wenn Sie wollen, lese ich's mir noch einmal durch und sage Ihnen dann alles, was falsch ist. Das kostet Sie nichts, Herr Steinberg, haben Sie keine Angst. Vielleicht komme ich einmal nach Amerika und besuche Sie. Ich hätte viel mit Ihnen zu reden. Privat, meine ich. Aber das geht jetzt nicht. Ich habe viel zu tun. Wenn Sie wüßten, was ich erlebt habe. Daneben ist ›Alexis Sorbas‹–«

»Bekomme ich mein weiches Ei oder nicht?«

»Bedaure, am Sabbat servieren wir keine Eier. Aber wenn ich Ihnen einmal meine Lebensgeschichte erzähle,

Herr Steinberg, dann können Sie damit ein Vermögen verdienen. Ich könnte sie natürlich auch selbst aufschreiben, jeder sagt mir, ich bin verrückt, daß ich nicht einen Roman schreibe oder eine Oper oder so was Ähnliches. Die denken alle nicht daran, wie müde ich am Abend bin. Hab ich ihnen allen gesagt, sie sollen mich in Ruh lassen und ich geb's dem Steinberg. Was sagen Sie dazu?«

»Das Frühstück, oder –«

»Zum Beispiel vor zwei Jahren. Im Sommer. Schon mehr gegen Ende des Sommers, wie ich mit meiner Frau nach Sodom gefahren bin. Plötzlich bleibt das Auto stehen, der Chauffeur steigt aus, hebt die Kühlerhaube, schaut hinein – und wissen Sie, was er gesagt hat?«

»Lassen Sie gefälligst meinen Bart los! Loslassen!«

»Er hat gesagt: ›Der Vergaser ist hin.‹ Stellen Sie sich das vor! Mitten am Weg nach Sodom ist der Vergaser hin. Sie werden vielleicht glauben, ich hab das erfunden? Es ist die reine Wahrheit. Der Vergaser war hin. Die ganze Nacht mußten wir im Wagen sitzen. Und es war eine kalte Nacht, eine sehr kalte Nacht. Sie werden das schon richtig schreiben, Herr Steinberg. Sie werden schon einen Bestseller draus machen. Ich sage Ihnen: es war eine Nacht, in der nicht einmal Alexis Sorbas ... he, wohin gehen Sie? Ich bin noch nicht fertig, Herr Steinberg! Ich habe noch eine ganze Menge Geschichten für Sie! Wie lange bleiben Sie noch?«

»Ich fliege mit dem nächsten Flugzeug ab!«

»Herr Steinberg! So warten Sie doch, Herr Steinberg ... Und zuerst hat er gesagt, daß er einen ganzen Monat bleiben will. So siehst du aus ...«

»Ein widerborstiges Volk« nannte uns der Allmächtige, womit er schonend ausdrücken wollte, daß wir störrisch sind wie die Maulesel. Zum Beispiel leben wir seit 5000 Jahren in der ständigen Versuchung, unseren Glauben aufzugeben – aber wir glauben noch immer. Seit 2000 Jahren bemüht man sich, uns anderswo anzusiedeln – aber wir siedeln wieder in Jerusalem. Und jetzt verlangt man von uns, das Rauchen aufzugeben.

Wie man sich's abgewöhnt

»Entschuldigen Sie bitte – haben Sie vielleicht eine Zigarette?«

»Leider. Ich rauche nicht mehr. Seit ich diese alarmierenden Berichte in der Zeitung gelesen habe . . .«

»Auch ich habe sie gelesen. Aber ich hab's überwunden.«

»Wie ist Ihnen das geglückt?«

»Willenskraft, nichts weiter. Am Anfang glaubte ich es nicht ertragen zu können. Es ist ja keine Kleinigkeit, wenn man Tag für Tag lesen muß, daß man einem Lungenkrebs entgegensteuert oder Magengeschwüren und Hämoglobin und dergleichen. An dem Tag, an dem in der ›Jerusalem Post‹ das Gutachten des amerikanischen Gesundheitsamtes über die schädlichen Auswirkungen des Rauchens erschien, verfiel ich in Panik. An diesem Tag stand mein Entschluß fest. Ich hörte auf, Zeitungen zu lesen.«

»Ein genialer Einfall!«

»Warten Sie. So einfach ist das alles nicht. Eine Woche lang stand ich es durch. Ich las nicht einmal die Überschriften, ich las keine Leitartikel und keine Sportberichte, nichts. Aber um die Mitte der zweiten Woche hat's mich erwischt. Wenn ich jetzt nicht sofort eine Zeitung lese, dann, das fühlte ich, brechen meine Nerven zusammen. Man kann sich ja nicht vollkommen von der Umwelt isolieren, nicht wahr. Ich wurde schwach. Ich ging zu meinen Nachbarn und borgte mir die gestrige Zeitung aus. Ich habe sie von der ersten bis zur letzten Seite gelesen. Was sage ich: gelesen. Verschlungen! Die erste Zeitung nach mehr als einer Woche!«

»Kann ich mir gut vorstellen.«

»Gar nichts können Sie sich vorstellen. Auf der dritten Seite stand ein Artikel, der sich mit den jüngsten Forschungsergebnissen eines englischen Nikotinexperten beschäftigte. Ein Keulenschlag. Dreißig Zigaretten am Tag, so hieß es dort, ziehen unweigerlich den Verlust der Männlichkeit nach sich. Und ich rauche am Tag zwei Päckchen.«

»Hm. Dann allerdings . . .«

»Es war mir klar, daß ich jetzt zu drastischen Maßnahmen greifen müßte, um diesem Alpdruck nicht völlig zum Opfer zu fallen. Die Zeitungslektüre einfach aufzugeben, genügt nicht. Man muß sich, sagte ich mir, beherrschen können. Man muß imstande sein, zu lesen, was man lesen will, und nicht zu lesen, was man nicht lesen will. Ein furchtbarer innerer Kampf begann. Am ersten Tag meines freiwilligen Entwöhnungsprozesses wußte ich mir keinen anderen Rat, als die Zeitung zu verbrennen. Sonst wäre ich der Versuchung erlegen, den Artikel einer anerkannten medizinischen Kapazität über das sogenannte ›Raucherbein‹ zu lesen. Es war nicht leicht, glauben Sie mir. Aber nach ein paar Tagen begann sich mein Zustand zu bessern. Ich las die politischen Meldungen und den Leitartikel, überschlug rasch die nächsten Seiten und nahm erst wieder die Theater- und Sportberichte zur Kenntnis. Auf diese Weise ging es eine Zeitlang ganz gut. Bis eines Nachts der Teufel mich aufs neue versuchte: Mein Blick fiel auf eine vom Weizmann-Institut ausgearbeitete Statistik der Kreislaufstörungen mit tödlichem Ausgang bei Rauchern und Nichtrauchern. Die Lockung war fürchterlich. Was hätte ich nicht alles drum gegeben, die Tabellen wenigstens zu überfliegen! Aber ich blieb stark. Ich biß meine Lippen blutig, stopfte mir ein Taschentuch in den Mund und blätterte weiter. Ich habe kein einziges Wort des Artikels an mich herangelassen, kein Wort und keine Ziffer.«

»Ich bewundere Sie aufrichtig.«

»Es war die Entscheidung. Jetzt kann mir nichts mehr geschehen. Wenn ich jetzt einen Artikel dieser Art in der Zeitung sehe, gleitet mein Auge achtlos darüber hinweg. Es interessiert mich nicht mehr. Und glauben Sie mir: seither fühle ich mich wie neugeboren.«

Folterungen, unter denen selbst der stärkste Mann zusammenbricht, galten früher einmal als Spezialität der Geheimpolizei in Diktaturstaaten. Heute sind sie überall ohne Mühe erhältlich. Alles, was man dazu braucht, ist ein versperrtes Zimmer, ein Bett, Nylonstrümpfe, einige Kleidungsstücke, einige Handtaschen und eine Ehefrau.

Im neuen Jahr wird alles anders

»Ephraim!« rief meine Frau, bekanntlich die beste Ehefrau von allen, aus dem Nebenzimmer. »Ich bin beinahe fertig!«

Es war halb neun Uhr am Abend des 31. Dezember. Meine Frau saß seit Einbruch der Dämmerung vor dem großen Spiegel ihres Schlafzimmers, um für die Silvesterparty, die unser Freund Tibi zu Ehren des Gregorianischen Kalenders veranstaltete, Toilette zu machen. Die Dämmerung bricht am 31. Dezember kurz nach drei Uhr nachmittags ein. Aber jetzt war sie beinahe fertig, meine Frau. Es sei auch schon Zeit, sagte ich, denn wir haben Tibi versprochen, spätestens um zehn Uhr bei ihm zu sein.

Mit einer Viertelstunde Verspätung rechne ein Gastgeber sowieso, replizierte die beste Ehefrau von allen, und eine weitere Viertelstunde würde nicht schaden. Partys, besonders Silvesterpartys, seien am Anfang immer langweilig. Die Atmosphäre entwickle sich erst nach und nach. Und überdies, so schloß sie, wisse sie noch nicht, welches Kleid sie nehmen solle. Lauter alte Fetzen. »Ich habe nichts anzuziehen«, sagte die beste Ehefrau von allen.

Sie sagt das bei jeder Gelegenheit, gleichgültig wann und zu welchem Zweck wir das Haus verlassen. Dabei kann sie die Tür ihres Kleiderschranks kaum noch ins Schloß pressen, denn er birst vor lauter Garderobe. Daß Bemerkungen wie die oben zitierte dennoch zum Wortschatz ihres Alltags gehören, hat einen anderen Grund: sie will mir zu verstehen geben, daß ich meinen Unterhaltspflichten nicht genüge, daß ich zu wenig Geld verdiene, daß ich minderwertig sei. Ich meinerseits, das gebe ich gerne zu, verstehe nichts von Frauenkleidern. Ich finde sie entsetzlich, alle ohne Ausnahme. Dessenungeachtet schiebt meine Frau die Entscheidung, was sie heute anziehen soll, jedesmal auf mich ab.

»Ich könnte das glatte Schwarze nehmen«, erwog sie jetzt. »Oder das hochgeschlossene Blaue.«

»Ja«, sagte ich.

»Was: ja? Also welches?«

»Das Hochgeschlossene.«

»Paßt zu keiner Silvesterparty. Und das Schwarze ist zu feierlich. Wie wär's mit der weißen Seidenbluse?«

»Klingt nicht schlecht.«

»Aber wirkt eine Bluse nicht zu sportlich?«

»Eine Bluse sportlich? Keine Spur!«

Eilig sprang ich hinzu, um ihr beim Zuziehen des Reißverschlusses behilflich zu sein und einer neuerlichen Meinungsänderung vorzubeugen. Während sie nach passenden Strümpfen Ausschau hielt, zog ich mich ins Badezimmer zurück und rasierte mich.

Es scheint ein elementares Gesetz zu sein, daß passende Strümpfe niemals paarweise auftreten, sondern immer in Unikaten. So auch hier. Von den Strümpfen, die zur

Bluse gepaßt hätten, war nur ein einziger vorhanden, und zu den Strümpfen, von denen ein Paar vorhanden war, paßte die Bluse nicht. Folglich mußte auf die Bluse verzichtet werden. Die Suche unter den alten Fetzen begann von vorne.

»Es ist zehn Uhr vorbei«, wagte ich zu bemerken. »Wir kommen zu spät.«

»Wenn schon. Dann versäumst du eben ein paar von den abgestandenen Witzen, die dein Freund Stockler immer erzählt.«

Ich stand fix und fertig da, aber meine Frau hatte die Frage »Perlmutter oder Silber« noch nicht entschieden. Von beiden Strumpfgattungen gab es je ein komplettes Paar, und das erschwerte die Entscheidung. Vermutlich würde sie bis elf Uhr nicht gefallen sein.

Ich ließ mich in einen Fauteuil nieder und begann die Tageszeitungen zu lesen. Meine Frau suchte unterdessen nach einem zu den Silberstrümpfen passenden Gürtel. Den fand sie zwar, fand aber keine Handtasche, die mit dem Gürtel harmonierte.

Ich übersiedelte an den Schreibtisch, um ein paar Briefe und eine Kurzgeschichte zu schreiben. Auch für einen längeren Essay schwebte mir bereits ein Thema vor.

»Fertig!« ertönte von nebenan die Stimme meiner Frau. »Bitte hilf mir mit dem Reißverschluß!«

Manchmal frage ich mich, was die Frauen täten, wenn sie keine Männer als Reißverschlußhelfer hätten. Wahrscheinlich würden sie dann nicht auf Silvesterpartys gehen. Meine Frau hatte einen Mann als Reißverschlußhelfer und ging trotzdem nicht. Sie setzte sich vor den Spiegel, schmückte sich mit einem schicken Nylonfrisierumhang und begann an ihrem Make-up zu arbeiten. Erst kommt die flüssige Teintgrundlage, dann Puder. Die Augen sind noch unberührt von Wimperntusche. Die Augen schweifen umher und hoffen auf Schuhe zu stoßen, die zur Handtasche passen würden. Das eine Paar in Beige ist leider beim Schuster, die schwarzen mit den hohen Absätzen sind wunderschön, aber nicht zum Gehen geeignet, die mit den niedrigen Absätzen sind zum Gehen geeignet, aber sie haben niedrige Absätze.

»Es ist elf!« sagte ich und stand auf. »Wenn du noch nicht fertig bist, gehe ich allein.«

»Schon gut, schon gut! Warum die plötzliche Eile?«

Ich bleibe stehen und sehe, wie meine Frau den Nylonumhang ablegt, weil sie sich nun doch für das schwarze Cocktailkleid entschieden hat. Aber wo sind die dazugehörigen Strümpfe?

Um halb zwölf greife ich zu einer List. Ich gehe mit weithin hörbaren Schritten zur Wohnungstüre, lasse einen wütenden Abschiedsgruß erschallen, öffne die Türe und schlage sie krachend zu, ohne jedoch die Wohnung zu verlassen. Dann drücke ich mich mit angehaltenem Atem an die Wand und warte.

Nichts geschieht. Es herrscht Stille.

Eben. Jetzt hat sie den Ernst der Lage erkannt und beeilt sich. Ich habe sie zur Raison gebracht. Ein Mann muß gelegentlich auch seine Souveränität hervorkehren können.

Fünf Minuten sind vergangen. Eigentlich ist es nicht der Sinn der Silvesternacht, daß man sich in einem dunklen Vorzimmer reglos an die Wand preßt.

»Ephraim! Komm und zieh mir den Reißverschluß zu!«
Nun, wenigstens hat sie sich jetzt endgültig für die Seidenbluse entschieden (am schwarzen Kleid war eine Naht geplatzt). Sie ist auch schon im Begriff, die Strümpfe zu wechseln, Perlmutter oder Silber.
»So hilf mir doch ein bißchen, Ephraim! Was würdest du mir raten?«
»Daß wir zu Hause bleiben und schlafen gehen«, sagte ich, entledigte mich meines Smokings und legte mich ins Bett.
»Mach dich nicht lächerlich. In spätestens zehn Minuten bin ich fertig . . .«
»Es ist zwölf Uhr. Das neue Jahr hat begonnen. Mit Orgelton und Glockenschlag. Gute Nacht.« Ich drehe die Bettlampe ab und schlafe ein. Das letzte, was ich im alten Jahr noch gesehen habe, war meine Frau, die sich vor dem Spiegel die Wimpern tuschte, den Nylonumhang umgehängt. Ich haßte diesen Umhang, wie noch kein Umhang je gehaßt wurde. Der Gedanke an ihn verfolgte mich bis in den Schlaf. Mir träumte, ich sei der selige Charles Laughton, und zwar in der Rolle König Heinrichs VIII. – Sie erinnern sich, sechs Frauen hat er köpfen lassen. Eine nach der anderen wurde unter dem Jubel der Menge zum Schafott geführt, eine nach der anderen bat um die letzte Gunst, sich noch einmal im Nylonumhang zurechtmachen zu dürfen . . .
Nach einem tiefen, wohltätigen Schlummer erwachte ich im nächsten Jahr. Die beste Ehefrau von allen saß in einem blauen, hochgeschlossenen Kleid vor dem Spiegel und pinselte sich die Augenlider schwarz. Eine große innere Schwäche kam über mich.

»Ist dir klar, mein Junge«, hörte ich mein Unterbewußtsein wispern, »daß du eine Irre zur Frau hast?«
Ich sah nach der Uhr. Es ging auf halb zwei. Mein Unterbewußtsein hatte recht: ich war mit einer Wahnsinnigen verheiratet. Schon zweifelte ich an meiner eigenen Zurechnungsfähigkeit. Mir war zumute wie den Verdammten in Sartres »Bei geschlossenen Türen«. Ich war zur Hölle verdammt, ich war in einen kleinen Raum gesperrt, mit einer Frau, die sich ankleidete und auskleidete und ankleidete und auskleidete für immer und ewig . . .
Ich fürchte mich vor ihr. Jawohl, ich fürchte mich. Eben jetzt hat sie begonnen, eine Unzahl von Gegenständen aus der großen schwarzen Handtasche in die kleine schwarze Handtasche zu tun und wieder in die große zurück. Sie ist beinahe angekleidet, auch ihre Frisur steht beinahe fest, es fragt sich nur noch, ob die Stirne frei bleiben soll oder nicht. Die Entscheidung fällt zugunsten einiger Haarsträhnen, die über die Stirn verteilt werden. So schwinden nach längerer Betrachtung die letzten Zweifel, daß eine freie Stirn doch besser wirkt.
»Ich bin fertig, Ephraim! Wir können gehen.«
»Hat das denn jetzt überhaupt noch einen Sinn, Liebling? Um zwei Uhr früh?«
»Mach dir keine Sorgen. Es werden noch genug von diesen ungenießbaren kleinen Zahnstocherwürstchen übrig sein . . .« Sie ist mir offenbar ein wenig böse, die beste Ehefrau von allen, sie nimmt mir meine hemmungslose Ungeduld und mein brutales Drängen übel. Aber das hindert sie nicht an der nunmehr definitiven Vollendung ihres Make-up. Sie hat sogar den kleinen, schicken

Nylonumhang schon abgestreift. Er liegt hinter ihr auf dem Fußboden. Leise, mit unendlicher Behutsamkeit, manövriere ich mich an ihn heran ...
Ich habe den Nylonumhang eigenhändig verbrannt. In der Küche. Ich hielt ihn ins Abwaschbecken und zündete ihn an und beobachtete die Flammen, die ihn langsam auffraßen.
So ähnlich muß Nero sich gefühlt haben, als er Rom brennen sah.
Als ich ins Zimmer meiner Frau zurückkam, war sie tatsächlich so gut wie fertig. Ich half ihr mit dem Reißverschluß ihres schwarzen Cocktailkleides, wünschte ihr viel Erfolg bei der Strumpfsuche, ging in mein Arbeitszimmer und setzte mich an den Schreibtisch.
»Warum gehst du weg?« rief schon nach wenigen Minuten meine Frau. »Gerade jetzt, wo ich beinahe fertig bin? Was treibst du denn?«
»Ich schreibe ein Theaterstück.«
»Mach schnell! Wir gehen gleich!«
»Ich weiß.«
Die Arbeit ging zügig vonstatten. In breiten Strichen umriß ich die Hauptfigur – es müßte ein bedeutender Künstler sein, vielleicht ein Maler oder ein Klaviervirtuose – oder ein satirischer Schriftsteller – er hat voll Tatendrang und Lebenslust seine Laufbahn begonnen – die aber nach einiger Zeit hoffnungslos versickert und versandet, er weiß nicht, warum. Endlich kommt er drauf: seine Frau bremst und lähmt ihn, hemmt seine Bewegungsfreiheit, hält ihn immer wieder zurück, wenn er etwas vorhat. Er kann's nicht länger ertragen. Er wird sich aus ihren Fesseln befreien. In einer langen, schlaf-

losen Nacht beschließt er, sie zu verlassen. Schon ist er auf dem Weg zur Türe –

Da sieht er sie im Badezimmer vor dem Spiegel stehen, wo sie gerade ihr Gesicht säubert. Die Farbe ihres Lidschattens hat ihr mißfallen, und sie will einen neuen auflegen. Dazu muß man das ganze Make-up ändern, mit allem, was dazugehört, abschmieren, Öl wechseln, Batterie nachschauen, alles.

Nein, ein solches Leben hat keinen Sinn. Hoffentlich ist der Strick, den ich neulich in meiner Gerätekammer liegen sah, noch dort. Und hoffentlich hält er ...

Irgendwie muß meine Frau gespürt haben, daß ich bereits auf dem Stuhl unterm Fensterkreuz stand.

»Ephraim!« rief sie. »Laß den Unsinn und mach mir den Reißverschluß zu! Was ist denn jetzt schon wieder los?«

Ach nichts. Gar nichts ist los. Es ist halb drei am Morgen, und meine Frau steht im Badezimmer vor dem Spiegel und sprüht mit dem Zerstäuber Parfüm auf ihr Haar, während ihre andere Hand nach den Handschuhen tastet, die seltsamerweise im Badezimmer liegen. Und seltsamerweise beendet sie beide Operationen erfolgreich, die Parfümzerstäubung und die Handschuhe. Es ist soweit. Kaum zu fassen, aber es ist soweit.

Ein leiser, schwacher Hoffnungsstrahl schimmert durch das Dunkel. So war's also doch der Mühe wert, geduldig auszuharren. In einer kleinen Weile werden wir wirklich weggehen, zu Tibi, zur Silvesterparty, es ist zwar schon drei Uhr früh, aber ein paar Leute werden bestimmt noch dort sein und noch in guter Stimmung, genau wie meine kleine Frau, sie funkelt vor Energie und Unter-

nehmungslust, sie tut die Gegenstände aus der großen schwarzen Handtasche in die kleine weiße, sie wirft einen letzten Blick in den Spiegel, und ich stehe hinter ihr, und sie wendet sich scharf zu mir und sagt:
»Warum hast du dich nicht rasiert?!«
»Ich habe mich rasiert, Liebling. Vor langer, langer Zeit. Als du begannst, Toilette zu machen. Da habe ich mich rasiert. Aber wenn du meinst ...«
Ich ging ins Badezimmer. Aus dem Spiegel starrte mir das zerfurchte Gesicht eines jäh gealterten, von Schicksalsschlägen heimgesuchten Melancholikers entgegen, das Gesicht eines verheirateten Mannes, dessen Gattin im Nebenzimmer steht und von einem Fuß auf den andern steigt, bis sie sich nicht mehr beherrschen kann und ihre mahnende Stimme an sein Ohr dringt:
»So komm doch endlich! Immer muß man auf dich warten!«

Der regsame Geist der Juden, den man weniger wohlwollend auch als »überdreht« oder »rabulistisch« bezeichnet, hat der Menschheit schon viele brillante Erfindungen geschenkt. Hier folgen einige weitere. Und vielleicht ist »überdreht« doch das richtige Wort? Oder vielleicht sind wir nur übernächtigt und sollten schlafen gehen?

Praktische Winke für den Alltag

Jossele und ich saßen im Café California und starrten trübe in unsere Mokkatassen. Es war spät in der Nacht oder früh am Morgen, ganz wie man's nimmt. Jossele schob mißmutig die Tasse von sich.

»Warum«, fragte er, »warum erfindet man nicht endlich Kaffeetassen für Linkshänder? Mit dem Griff an der linken Seite der Tasse? Das wäre doch ganz einfach.«

»Du weißt, wie die Menschen sind«, erinnerte ich ihn. »Gerade das Einfache interessiert sie nicht.«

»Seit fünftausend Jahren machen sie die gleichen langweiligen Trinkgefäße. Ob es ihnen jemals eingefallen wäre, den Griff innen anzubringen, damit das glatt gerundete Äußere nicht verunstaltet wird?«

»Niemals wäre ihnen das eingefallen. Niemals.«

»Immer nur die sture Routine.« Jossele hob die konventionell geformte Tasse widerwillig an die Lippen und nahm einen Schluck. »Keine Beziehung zu den Details, kein Gefühl für Nuancen. Denk nur an die Nähnadeln! Pro Stunde stechen sich auf der Welt mindestens hunderttausend Menschen in den Finger. Wenn die Fabrikanten sich entschließen könnten, Nadeln mit Ösen an beiden Enden zu erzeugen, würde viel weniger Blut fließen.«

»Richtig. Sie haben eben keine Phantasie. Darin stehen sie den Kammfabrikanten um nichts nach. Die erzeugen ja auch keine zahnlosen Kämme für Glatzköpfige.«

»Laß den Unsinn. Manchmal bist du wirklich kindisch!«

Ich verstummte. Wenn man mich kränkt, dann verstumme ich. Jossele fuhr fort, mich zurechtzuweisen:

»Du hast nichts als dummes Zeug im Kopf, während ich über ernste, praktische Dinge spreche. Zum Beispiel, weil wir schon bei Kämmen sind: Haarschuppen aus Plastik. In handlichen Cellophansäckchen. Selbst der Ungeschickteste kann sie sich über den Kopf streuen.«

»Sie werden *nie* wie die echten aussehen«, sagte ich bockig.

»Ich garantiere dir, daß man nicht einmal durchs Vergrößerungsglas einen Unterschied merkt. Wir leben in einer Zeit, in der neues Material neuen Zwecken dienstbar gemacht wird. Hüte aus Glas, zum Beispiel.«

»Wozu soll ein Hut aus Glas gut sein?«

»Wenn man ihn fallen läßt, braucht man sich nicht nach ihm zu bücken.«

Das klang logisch. Ich mußte zugeben, daß die Menschheit Fortschritte macht.

»Und was«, fragte ich, »hieltest du von einem Geschirrschrank, der auch oben vier Füße hat?«

Jossele sah mich überrascht an. Das hatte er mir nicht zugetraut.

»Ich verstehe«, nickte er anerkennend. »Wenn der Schrank oben staubig wird, dreht man ihn einfach um. Überhaupt gibt es im Haushalt noch viel zu verbessern.

Was mir zum Beispiel schon seit Jahren fehlt, sind runde Taschentücher!«

»Die man nicht falten muß?«

»Eben. Nur zusammenknüllen.«

»Auch ich denke über Neuerungen an Kleidungsstücken nach. Und vor kurzem ist mir etwas eingefallen, wofür ich sofort das Patent angemeldet habe.«

»Nun?«

»Es ist eine Art elektronisches Miniaturinstrument für den eleganten Herrn. Ein Verkehrslicht mit besonderer Berücksichtigung der Hose. Wenn ein Toilettefehler entsteht, blinkt ein rotes Licht auf, das zur Sicherheit von einem leisen Summton begleitet wird.«

»Zu kompliziert.« Jossele schüttelte den Kopf. »Deshalb konnte ich ja auch der Kuckucksfalle nichts abgewinnen. Du erinnerst dich: man wollte sie an den Kuckucksuhren anbringen, oberhalb der Klappe, aus der alle Stunden der Kuckuck herauskommt. Und im gleichen Augenblick, in dem er seinen idiotischen Kuckucksruf ausstoßen will, fällt ihm von oben ein Hammer auf den Kopf. Zu kompliziert.«

»Dir würde wohl die Erfindung des berühmten Agronomen Mitschurin besser zusagen?«

»Die wäre?«

»Eine Kreuzung von Wassermelonen mit Fliegen.«

»Damit sich die Kerne von selbst entfernen, ich weiß. Ein alter Witz. Wenn schon kreuzen, dann Maiskolben mit Schreibmaschinen. Sobald man eine Kornreihe zu Ende genagt hat, ertönt ein Klingelsignal, der Kolben rutscht automatisch zurück, und man kann die nächste Reihe anknabbern.«

»Nicht schlecht.«

»Jedenfalls zweckmäßig und bequem. Das ist das Wichtigste. In Amerika wurde eine landwirtschaftliche Maschine erfunden, die allerdings noch verbessert werden muß, weil sie zuviel Raum einnimmt. Sie pflanzt Kartoffeln, bewässert sie, erntet sie ab, wäscht sie, kocht sie und ißt sie auf.«

»Ja, ja. Der Mensch wird allmählich überflüssig. Angeblich gibt es in Japan bereits einen Computer, mit dem man Schach spielen kann.«

»Dann würde ich mir gleich zwei kaufen«, sagte Jossele. »Die können miteinander spielen, und ich gehe ins Kino.«

»Gut«, sagte ich. »Gehen wir.«

Die Herrschaft des Kindes in der israelischen Familie ist, anderslautenden Gerüchten zum Trotz, keine absolute. Absolut herrscht der Babysitter, dessen Maßnahmen und Entscheidungen inappellabel sind. Dem Parlament liegt seit einiger Zeit ein Gesetzentwurf vor, der die sozialen Rechte der Eltern sichern soll. Bis zur Annahme dieses Gesetzes kann der Babysitter die Eltern fristlos und ohne Abfertigung entlassen, wenn sie sich des geringsten disziplinarischen Vergehens schuldig machen.

Babysitting und was man dafür tun muss

Frau Regine Popper muß nicht erst vorgestellt werden. Sie gilt allgemein als bester Babysitter der Nation und hat wiederholt mit weitem Vorsprung die Staatsligameisterschaft gewonnen. Sie ist pünktlich, tüchtig, zuverlässig, loyal und leise – kurzum, eine Zauberkünstlerin im Reich der Windeln. Noch nie hat unser Baby Amir sich über sie beklagt. Frau Popper ist eine Perle.

Ihr einziger Nachteil besteht darin, daß sie in Tel Giborim wohnt, von wo es keine direkte Verbindung zu unserem Haus gibt. Infolgedessen muß sie sich der Institution des Pendelverkehrs bedienen, wie er hierzulande von den Autotaxis betrieben wird und jeweils vier bis fünf Personen befördert. Diese Institution heißt hebräisch »Scherut«. Mit diesem Scherut gelangt Frau Popper bis zur Autobuszentrale, und dort muß sie auf einen andern Scherut warten, und manchmal gibt es keinen

Scherut, und dann muß sie ihre nicht unbeträchtliche Leibesfülle in einen zum Platzen vollgestopften Bus zwängen, und bei solchen Gelegenheiten kommt sie in völlig desolatem und zerrüttetem Zustand bei uns an, und ihre Blicke sind ein einziger stummer Vorwurf und sagen:

»Schon wieder kein Scherut.«

Allabendlich gegen acht beginnen wir um einen Scherut für Frau Popper zu beten. Manchmal hilft es, manchmal nicht. Das macht uns immer wieder große Sorgen für die Zukunft, denn Frau Popper ist unersetzlich. Schade nur, daß sie in Tel Giborim wohnt. Ohne Telefon.

Was soll diese lange Einleitung? Sie soll zu jenem Abend überleiten, an dem wir das Haus um halb neun verlassen wollten, um ins Kino zu gehen. Bis dahin hatte ich noch ein paar wichtige Briefe zu schreiben. Leider floß mein Stil – möglicherweise infolge der lähmenden Hitze – an jenem Abend nicht so glatt wie sonst, und ich war, als Punkt halb neun die perfekte Perle Popper erschien, noch nicht ganz fertig. Ihre Blicke offenbarten sofort, daß es wieder einmal keinen Scherut gegeben hatte.

»Ich bin gelaufen«, keuchte sie. »Was heißt gelaufen? Gerannt bin ich. Zu Fuß. Wie eine Verrückte.«

In solchen Fällen gibt es nur eines: man muß sofort aus dem Haus, um Frau Poppers Marathonlauf zu rechtfertigen. Andernfalls hätte sie sich ja ganz umsonst angestrengt.

Aber ich wollte unbedingt noch mit meinen wichtigen Briefen fertig werden, bevor wir ins Kino gingen.

Schon nach wenigen Minuten öffnete sich die Tür meines Arbeitszimmers:

»Sie sind noch hier?«
»Nicht mehr lange . . .«
»Unglaublich. Ich renne mir die Seele aus dem Leib – und Sie sitzen gemütlich hier und haben Zeit!«
»Er wird gleich fertig sein.« Die beste Ehefrau von allen stellte sich schützend vor mich.
»Warum lassen Sie mich überhaupt kommen, wenn Sie sowieso zu Hause bleiben?«
»Wir bleiben nicht zu Hause. Aber wir würden Sie selbstverständlich auch bezahlen, wenn –«
»Das ist eine vollkommen überflüssige Bemerkung!« Frau Regine Popper richtete sich zu majestätischer Größe auf. »Für nicht geleistete Arbeit nehme ich kein Geld. Nächstens überlegen Sie sich bitte, ob Sie mich brauchen oder nicht.«
Um weiteren Auseinandersetzungen vorzubeugen, ergriff ich die Schreibmaschine und verließ eilends das Haus, ebenso eilends gefolgt von meiner Frau. In der kleinen Konditorei gegenüber schrieb ich die Briefe fertig. Das Klappern der Schreibmaschine erregte anfangs einiges Aufsehen, aber dann gewöhnten sich die Leute daran. Ins Kino kamen wir an diesem Abend nicht mehr. Meine Frau – nicht nur die beste Ehefrau von allen, sondern auch von bemerkenswertem realpolitischem Flair – schlug vor, das noch verbleibende Zeitminimum von drei Stunden mit einem Spaziergang auszufüllen. Bei Nacht ist Tel Aviv eine sehr schöne Stadt. Besonders der Strand, die nördlichen Villenviertel, das alte Jaffa und die Ebene von Abu Kabir bieten lohnende Panoramen.
Kurz vor Mitternacht waren wir wieder zu Hause, müde, zerschlagen, mit Wasserblasen an den Füßen.

»Wann«, fragte Frau Regine Popper, während wir ihr den fälligen Betrag von 5,75 Pfund aushändigten, »wann brauchen Sie mich wieder?«
Eine rasche, klare Entscheidung, wie sie dem Manne ansteht, war dringend geboten. Andererseits durfte nichts Unbedachtes vereinbart werden, denn da Frau Popper kein Telefon besitzt, läßt sich eine einmal getroffene Vereinbarung nicht mehr rückgängig machen.
»Übermorgen?« fragte Frau Popper. »Um acht?«
»Übermorgen ist Mittwoch«, murmelte ich. »Ja, das paßt uns sehr gut. Vielleicht gehen wir ins Kino . . .«
Der Mensch denkt, und Gott ist dagegen. Mittwoch um sieben Uhr begann mein Rücken zu schmerzen. Ein plötzlicher Schweißausbruch warf mich aufs Lager. Kein Zweifel: ich fieberte. Die beste Ehefrau von allen beugte sich besorgt über mich:
»Steh auf«, sagte sie und schnippte ungeduldig mit den Fingern. »Die Popper kann jeden Moment hier sein.«
»Ich kann nicht. Ich bin krank.«
»Sei nicht so wehleidig, ich bitte dich. Oder willst du riskieren, daß sie uns noch zu Hause trifft und fragt, warum wir sie für nichts und wieder nichts den weiten Weg aus Tel Giborim machen lassen? Komm. Steh auf.«
»Mir ist schlecht.«
»Mir auch. Nimm ein Aspirin und komm!«
Die Schweizer Präzisionsmaschine, die sich unter dem Namen Popper in Israel niedergelassen hat, erschien pünktlich um acht, schwer atmend.
»Schalom«, zischte sie. »Schon wieder kein . . .«
In panischer Hast kleidete ich mich an. Wäre sie mit einem Scherut gekommen, dann hätte man sie vielleicht

umstimmen können. So aber, nach einer langen Fahrt im qualvoll heißen Autobus und einem vermutlich noch längeren Fußmarsch, erstickte ihre bloße Erscheinung jeden Widerstand im Keim. Wir verließen das Haus, so schnell mich meine vom Fieber geschwächten Beine trugen. Draußen mußte ich mich sofort an eine Mauer lehnen. Kaum hatte ich den Schwindelanfall überwunden, packte mich ein Schüttelfrost. An den geplanten Kinobesuch war nicht zu denken. Mit Mühe schleppte ich mich am Arm meiner Frau zu unserem Wagen und kroch hinein, um mich ein wenig auszustrecken. Ich bin von eher hohem Wuchs, und unser Wagen ist eher klein.

»O Herr!« stöhnte ich. »Warum, o Herr, muß ich mich hier zusammenkrümmen, statt zu Hause im Bett zu liegen?«

Aber der Herr gab keine Antwort.

Mein Zustand verschlimmerte sich von Viertelstunde zu Viertelstunde. Ich glaubte, in dem engen, vom langen Parken in der Sonne noch glühendheißen Wagen erstikken zu müssen. Auch die einbrechende Dunkelheit brachte mir keine Linderung.

»Laß mich heimgehen, Weib«, flüsterte ich.

»Jetzt?« Unheilverkündend klang die Stimme der besten Ehefrau von allen durch das Dunkel. »Nach knappen eineinhalb Stunden? Glaubst du, Regine Popper kommt wegen eineinhalb Stunden eigens aus Tel Giborim?«

»Ich glaube gar nichts. Ich will nicht sterben für Regine Popper. Ich bin noch jung, und das Leben ist schön. Ich will leben. Ich gehe nach Hause.«

»Warte noch zwanzig Minuten. Oder wenigstens dreißig.«

»Nein. Nicht einmal eine halbe Stunde. Ich bin am Ende. Ich gehe.«

»Weißt du was?« Knapp vor dem Haustor fing sie mich ab. »Wir schlüpfen heimlich ins Haus, so daß sie uns nicht hört, setzen uns still ins Schlafzimmer und warten . . .«

Das klang halbwegs vernünftig. Ich stimmte zu. Behutsam öffneten wir die Haustüre und schlichen uns ein. Aus meinem Arbeitszimmer drang ein Lichtstrahl. Dort also hatte Frau Popper sich eingenistet. Interessant. Wir setzten unseren Weg auf Zehenspitzen fort, wobei uns die Kenntnis des Terrains sehr zustatten kam. Aber kurz vor dem Ziel verriet uns ein Knarren der Holzdiele.

»Wer ist da?« röhrte es aus dem Arbeitszimmer.

»Wir sind's!« Rasch knipste meine Frau das Licht an und schob mich durch die Türe. »Ephraim hat das Geschenk vergessen.«

Welches Geschenk? Wie kam sie darauf? Was meinte sie damit? Aber da war, mit einem giftigen Seitenblick nach mir, die beste Ehefrau von allen schon an das nächste Bücherregal herangetreten und entnahm ihm die »Geschichte des englischen Theaters seit Shakespeare«, einen schweren Band im Lexikonformat, den sie mir sofort in die zittrigen Arme legte. Dann, nachdem wir uns bei Frau Popper für die Störung entschuldigt hatten, gingen wir wieder.

Draußen brach ich endgültig zusammen. Von meiner Stirn rann in unregelmäßigen Bächen der Schweiß, und vor meinen Augen sah ich zum erstenmal im Leben kleine rote Punkte flimmern. Bisher hatte ich das immer für ein billiges Klischee gehalten, aber es gibt sie wirk-

lich, die kleinen roten Punkte. Und sie flimmern wirklich vor den Augen. Besonders wenn man unter einem Haustor sitzt und weint.
Die beste Ehefrau von allen legte mir ihre kühlenden Hände auf die Schläfen:
»Es gab keine andere Möglichkeit. Wie fühlst du dich?«
»Wenn Gott mich diese Nacht überleben läßt«, sagte ich, »dann übersiedeln wir nach Tel Giborim. Am besten gleich in das Haus, wo Frau Regine Popper wohnt.«
Eine halbe Stunde später war ich so weit zu Kräften gekommen, daß wir einen zweiten Versuch wagen konnten. Diesmal ging alles gut. Wir hatten ja schon Übung. Lautlos fiel die Haustüre ins Schloß, ohne Knarren passierten wir den Lichtschein, der aus dem Arbeitszimmer drang, und unentdeckt gelangten wir ins Schlafzimmer, wo wir uns angekleidet hinstreckten; es standen uns noch drei Stunden bevor.
Über die anschließende Lücke in meiner Erinnerung kann ich naturgemäß nichts aussagen.
»Ephraim!« Wie aus weiter Ferne klang mir die Stimme meiner Frau ans Ohr. »Es ist halb sechs! Ephraim! Halb sechs!« Jetzt erst merkte ich, daß sie unablässig an meinen Schultern rüttelte.
Ich blinzelte ins Licht des jungen Tages. Schon lange, schon sehr lange hatte kein Schlaf mich so erquickt. Rein strategisch betrachtet, waren wir allerdings übel dran. Wie sollten wir Frau Popper aus ihrer befestigten Stellung herauslocken?
»Warte«, sagte die beste Ehefrau von allen und verschwand.
Aus Amirs Zimmer wurde plötzlich die gellende Stimme

eines mit Hochfrequenz heulenden Kleinkindes hörbar. Kurz darauf kehrte meine Frau zurück.

»Hast du ihn gezwickt?« fragte ich.

Sie bejahte von der halboffenen Türe her, durch die wir jetzt Frau Poppers füllige Gestalt in Richtung Amir vorübersprinten sahen.

Das gab uns Zeit, das Haus zu verlassen und es mit einem lauten, fröhlichen »Guten Morgen!« sogleich wieder zu betreten.

»Eine feine Stunde, nach Hause zu kommen!« bemerkte tadelnd Frau Regine Popper und wiegte auf fleischigen Armen den langsam ruhiger werdenden Amir in den Schlaf. »Wo waren Sie so lange?«

»Bei einer Orgie.«

»Ach Gott, die heutige Jugend . . .«

Frau Regine Popper schüttelte den Kopf, brachte den nun wieder friedlich schlummernden Amir in sein Bettchen zurück, bezog ihre Gage und trat in den kühlen Morgen hinaus, um nach einem Scherut Ausschau zu halten.

Für das Motto dieser Geschichte hat bereits die vorangegangene gesorgt. Frau Regine Popper liebt es, Kindermärchen als Einschläferungsmittel zu verwenden. Und wir unternehmen nichts dagegen. Die Kleinen sollen nur rechtzeitig merken, daß das Leben kein Honiglecken ist.

Schreckensrotkäppchen

Zeit: 9 Uhr abends. Die Eltern sind im Kino. Rafi, fünf Jahre alt, ist in der Obhut der unvergleichlichen Regine Popper zurückgeblieben. Sein kleiner Bruder Amir schläft im Nebenzimmer, Rafi selbst liegt mit offenen Augen im Bettchen und kann nicht einschlafen. Die Straßenbeleuchtung wirft unheimliche Licht- und Schattengebilde in die Ecken des Zimmers. Draußen stürmt es. Der Wüstenwind trägt ab und zu das Geheul von Schakalen heran. Manchmal wird auch der klagende Ruf eines Uhus hörbar.

Frau Popper: Schlaf, Rafilein! Schlaf doch endlich!

Rafi: Will nicht.

Frau Popper: Alle braven Kinder schlafen jetzt.

Rafi: Du bist häßlich.

Frau Popper: Möchtest du etwas zum Trinken haben?

Rafi: Eiscreme.

Frau Popper: Wenn du brav einschläfst, bekommst du Eiscreme. Soll ich dir wieder so eine schöne Geschichte erzählen wie gestern?

Rafi: Nein! Nein!

Frau Popper: Es ist aber eine sehr schöne Geschichte. Die Geschichte vom Rotkäppchen und dem bösen Wolf.

Rafi (wehrt sich verzweifelt): Will kein Rotkäppchen! Will keinen bösen Wolf!

Frau Popper (vereitelt seinen Fluchtversuch): So. Und jetzt sind wir hübsch ruhig und hören brav zu. Es war einmal ein kleines Mädchen, das hieß Rotkäppchen.

Rafi: Warum?

Frau Popper: Weil sie auf ihrem kleinen Köpfchen immer ein kleines rotes Käppchen trug.

Rafi: Eiscreme!

Frau Popper: Morgen. Und was tat das kleine Rotkäppchen? Es ging seine Großmutter besuchen, die mitten im Wald in einer kleinen Hütte lebte. Der Wald war fürchterlich groß, und wenn man einmal drin war, fand man nie wieder heraus. Die Bäume reichten bis in den Himmel. Es war ganz finster in diesem Wald.

Rafi: Will nicht zuhören!

Frau Popper: Jeder kleine Junge kennt die Geschichte vom Rotkäppchen. Was werden Rafis Freunde sagen, wenn sie erfahren, daß Rafi die Geschichte nicht kennt?

Rafi: Weiß nicht.

Frau Popper: Siehst du? Rotkäppchen ging durch den Wald, durch den schrecklich großen, finstern Wald. Sie war ganz allein und hatte solche Angst, daß sie an allen Gliedern zitterte und bebte ...

Rafi: Gut, ich schlaf jetzt ein.

Frau Popper: Du darfst Tante Regine nicht unterbrechen. Das kleine Rotkäppchen ging immer weiter, ganz allein, immer weiter, ganz allein. Ihr kleines Herzchen klopfte zum Zerspringen, und sie bemerkte gar nicht, daß hinter einem Baum ein großer Wolf lauerte.

Rafi: Welcher Wolf? Warum der Wolf? Will keinen Wolf!

Frau Popper: Es ist ja nur ein Märchen, du kleiner Dummkopf. Und der Wolf hatte *so* große Augen und *so* gelbe Zähne (sie demonstriert es) – hrr, hrr!

Rafi: Wann kommt Mammi zurück?

Frau Popper: Und der große, böse Wolf lief zu der Hütte, wo die Großmutter schlief – öffnete leise die Türe – schlich bis zum Bett – und – hamm, hamm – fraß die Großmutter auf.

Rafi stößt einen Schrei aus, springt aus dem Bett und versucht zu fliehen.

Frau Popper (in wilder Jagd rund um den Tisch): Rafi! Rafael! Geh sofort ins Bett zurück, sonst erzähl ich dir die Geschichte nicht weiter! Komm, Liebling, komm ... Weißt du, was das kleine Rotkäppchen tat, als es den Wolf in Großmutters Bett liegen sah? Es fragte: »Großmutter, warum hast du so große Augen? Und warum hast du so große Ohren? Und warum hast du so schreckliche Krallen an den Händen?« Und –

Rafi (springt aufs Fensterbrett, stößt das Fenster auf): Hilfe! Hilfe!

Frau Popper (reißt ihn zurück, gibt ihm einen Klaps auf den Popo, schließt das Fenster): Und plötzlich sprang der Wolf aus dem Bett und – hamm, hamm –

Rafi: Mammi, Mammi!

Frau Popper: – fraß das kleine Rotkäppchen auf, mit Haut und Haar und Käppchen – hamm, hamm, hrr, krr!

Rafi kriecht heulend unters Bett, drückt sich gegen die Wand.

Frau Popper (legt sich vor das Bett): Hrr, krr, hamm, hamm ... Aber auf einmal kam der Onkel Jäger mit seinem großen Schießgewehr und – puff, bumm – schoß den bösen Wolf tot. Großmutter und Rotkäppchen aber sprangen fröhlich aus dem Bauch des bösen Wolfs.

Rafi (steckt den Kopf hervor): Ist es schon aus?

Frau Popper: Noch nicht. Sie füllten den Bauch des bösen Wolfs mit großen Steinen, mit vielen, entsetzlich großen Steinen, und – plopp, plumps – warfen ihn in den Bach.

Rafi (oben auf dem Schrank): Aus?

Frau Popper: Aus, mein kleiner Liebling. Eine schöne Geschichte, nicht wahr?

Mammi (soeben nach Hause gekommen, tritt ein): Rafi, komm sofort herunter! Was ist denn los, Frau Popper?

Frau Popper: Das Kind ist heute ein wenig unruhig. Ich habe ihm zur Beruhigung eine Geschichte erzählt.

Mammi (indem sie Rafis schweißverklebtes Haar streichelt): Danke, Frau Popper. Was täten wir ohne Sie?

Das nachfolgende Gespräch wurde im Interesse der israelischen Behörden aufgezeichnet und will als Bitte um verschärfte Einwanderungskontrolle verstanden sein.

Du sprechen Rumänisch?

Gestern, an einem besonders staubigen Nachmittag, rief ich bei Weinreb an – in einer ganz bestimmten Angelegenheit, die hier keine Rolle spielt. Jedenfalls hatte ich die Absicht, ihm gründlich meine Meinung zu sagen.

Der Hörer wurde abgehoben.

»Hallo«, sagte eine zaghafte Frauenstimme. »Hallo.«

»Hallo«, antwortete ich. »Wer spricht?«

»Weiß nicht. Niemanden kennen.«

»Ich habe gefragt, wer spricht.«

»Hier?«

»Ja, dort.«

»Dort?«

»Auch dort. Mit wem spreche ich?«

»Weiß nicht. Niemanden kennen.«

»Sie müssen doch wissen, wer spricht!«

»Ja.«

»Also wer?«

»Ich.«

»Wer sind Sie?«

»Ja. Neues Mädchen.«

»Sie sind das neue Mädchen?«

»Ich.«

»Gut. Dann rufen Sie bitte Herrn Weinreb.«

»Herrn Weinreb. Wohin?«

»Zum Telefon. Ich warte.«

»Ja.«

»Haben Sie verstanden? Ich warte darauf, daß Sie Herrn Weinreb zum Telefon rufen!«

»Ja. Ich – rufen. Du – warten.«

Daraufhin geschah zunächst gar nichts. Dann räusperte sich etwas in der Muschel.

»Weinreb?« fragte ich hoffnungsfroh.

»Nein. Neues Mädchen.«

»Aber ich habe Sie doch gebeten, Herrn Weinreb zu rufen.«

»Du sprechen Rumänisch?«

»Nein! Rufen Sie Herrn Weinreb!!«

»Kann nicht rufen.«

»Dann holen Sie ihn!«

»Kann nicht. Weiß nicht. Kann nicht holen.«

»Warum nicht? Was ist los? Ist er nicht zu Hause?«

»Weiß nicht. Hallo.«

»Wann kommt er zurück?«

»Wer?«

»Weinreb! Wann er wieder nach Hause kommt! Wo ist er?«

»Weiß nicht«, schluchzte das neue Mädchen. »Ich kommen aus Rumänien. Jetzt. Niemanden kennen.«

»Hören Sie, mein Kind. Ich möchte mit Herrn Weinreb sprechen. Er ist nicht zu Hause. Gut. Sie wissen nicht, wann er zurückkommt. Auch gut. Dann sagen Sie ihm wenigstens, daß ich angerufen habe, ja?«

»Angerufen habe ja.« Abermals ertönte das Schluchzen des neuen Mädchens. »Hallo.«

»Was gibt es jetzt schon wieder?«

»Kann Weinreb nicht sagen.«
»Warum nicht?«
»Was ist das: Weinreb?«
»Was heißt das: was ist das? Kennen Sie ihn nicht?«
»Du sprechen Rumänisch? Bißchen Rumänisch?«
»Sagen Sie mir, mit wem ich verbunden bin. Mit welcher Wohnung.«
»Kostelanetz. Emanuel. Hallo.«
»Welche Nummer?«
»Dreiundsiebzig. Zweiter Stock.«
»Ich meine: welche Telefonnummer?«
»Weiß nicht.«
»Ist sie denn nicht auf dem Telefon aufgeschrieben?«
»Was?«
»Die Nummer!«
»Wo?«
»Auf dem Telefon!«
»Hier ist kein Telefon . . .«

In einem Land, das erst seit relativ kurzer Zeit unabhängig ist, kann man auf der Erfolgsleiter noch mehrere Sprossen auf einmal nehmen. Das bedeutet aber nicht, daß der Mann auf der obersten Sprosse ausgewechselt werden müßte. Im Gegenteil, er bleibt oben, und er bleibt, obwohl er oben bleibt, der gute alte jüdische Kumpan, der er schon vorher war und der sich immer freuen wird, mit einem anderen guten alten jüdischen Kumpan zusammenzutreffen. Die Frage ist nur: für wann hat die Personalkartei das Zusammentreffen festgesetzt?

Der Kuss des Veteranen

Die Festlichkeiten anläßlich des 16jährigen Bestandsjubiläums der Siedlung Sichin wurden seinerzeit vom ganzen Land mit größtem Interesse verfolgt. Sogar der damalige Ministerpräsident David Ben Gurion kündigte seinen Besuch in der ehrwürdigen Veteranensiedlung an. Nachdem diese Ankündigung offiziell bestätigt worden war, begannen in Sichin die Vorbereitungen für das historische Ereignis. Alles ging gut – bis Munik Rokotowsky sich einschaltete. Munik Rokotowsky, eines der ältesten Mitglieder der alten Siedlung, kündigte seinerseits an, daß er die Gelegenheit ausnützen würde, seinen Lebenstraum zu verwirklichen und den Ministerpräsidenten zu küssen.

»David«, so erklärte er leuchtenden Auges, »wird einen Kuß von mir bekommen, daß er vor Freude einen Luftsprung macht.«

Wie schon angedeutet, war Rokotowsky ein Siedlungsveteran. Als solcher hatte er bei den Feiern zweifellos Anspruch auf einen Platz in der vordersten Reihe der Feiernden. Die jetzt von ihm geäußerte Absicht verbreitete jedoch ein gewisses Unbehagen, und das Organisationskomitee lud ihn zu einer Besprechung ein:

»Genosse Rokotowsky – es kursieren Gerüchte, daß du den Ministerpräsidenten und Verteidigungsminister bei seinem Besuch in Sichin küssen willst. Willst du das?«

»Und wie!« bestätigte Rokotowsky. »Kaum daß ich David sehe, schmatze ich ihm einen Kuß auf die Wange!«

»Hast du schon darüber nachgedacht, Genosse Rokotowsky, ob das dem Ministerpräsidenten und Verteidigungsminister auch recht sein wird?«

»Was ist das für eine Frage?« Rokotowskys Stimme verriet hochgradiges Befremden. »Warum soll es ihm nicht recht sein? Schließlich haben wir beide vor fünfzig Jahren gemeinsam auf einer Zitrusplantage gearbeitet. Meine Baracke war die dritte links um die Ecke von der seinen. Ich sage euch, er wird außer sich sein vor Freude, wenn er mich sieht!«

Auf der nächsten Sitzung des Gemeinderats wurde die delikate Angelegenheit zur Sprache gebracht und führte zu heftigen Debatten. Ein anderer Siedlungsveteran namens Jubal warf den Mitgliedern des Rates vor, daß sie die Feierlichkeiten zur Stärkung ihrer persönlichen Machtposition mißbrauchen wollten und daß sie Nepotismus betrieben.

»Wenn Rokotowsky ihn küßt«, drohte Jubal, »dann küß ich ihn auch!«

»Genossen! Genossen!« Der Vorsitzende schlug mit beiden Fäusten so lange auf den Tisch, bis Ruhe eintrat.

»Das hat keinen Zweck! Wir müssen abstimmen!«

Munik Rokotowsky wurde mit einer Majorität von vier Stimmen zum offiziellen Ministerpräsidentenküsser bestellt. Um jedes Risiko auszuschließen, sandte der Gemeinderat folgenden Brief eingeschrieben an die Kanzlei des Ministerpräsidenten:

»Werte Genossen! Wir haben die Ehre, Euch mitzuteilen, daß Munik Rokotowsky, ein Mitglied unserer Siedlung, sich mit der Absicht trägt, den Ministerpräsidenten und Verteidigungsminister anläßlich seines Besuchs bei den Feiern zum 16jährigen Bestandsjubiläum der Siedlung Sichin zu küssen. Der Gemeinderat hat diese Absicht nach kurzer Debatte gutgeheißen, machte jedoch den Genossen Rokotowsky darauf aufmerksam, daß auch die Kanzlei des Ministerpräsidenten ihre Zustimmung erteilen müßte. Wir bitten Euch deshalb, werte Genossen, um Bekanntgabe Eures Standpunktes und gegebenenfalls um die nötigen Instruktionen.

In der Hoffnung, daß die obenerwähnte Absicht eines alten Siedlungs- und Parteimitglieds auf keine Hindernisse stoßen wird, verbleiben wir,

für den Gemeinderat der Siedlung Sichin«

(Unterschriften)

Zwei Wochen später kam die briefliche Zustimmung der Präsidialkanzlei zu dem von Rokotowsky geplanten Kuß. »Der Ministerpräsident«, so hieß es in dem Schreiben, »kann sich zwar an einen Genossen des Namens Rokotowsky nicht oder nur sehr dunkel erinnern, möchte aber angesichts der besonderen Umstände den emotionalen Aspekten der Angelegenheit in jedem Falle Rechnung tragen.« Im weiteren Verlauf des Schreibens

wurde hervorgehoben, daß der Kuß in einmaliger, kultivierter und würdiger Form zu verabfolgen sei, am besten, wenn der Ministerpräsident seinen Wagen verlassen würde, um sich in das Verwaltungsgebäude der Siedlung zu begeben. Bei dieser Gelegenheit sollte Genosse Rokotowsky aus dem Spalier der jubelnden Dorfbewohner ausbrechen und den geplanten Kuß auf die Wange des Ministerpräsidenten und Verteidigungsministers drücken, wobei er ihn auch kameradschaftlich umarmen könne; doch sollte diese Umarmung keinesfalls länger als 30 Sekunden dauern. Aus Sicherheitsgründen erbitte man ferner die Übersendung von vier Aufnahmen Rokotowskys in Paßformat sowie Ausstellungsdatum und Nummer seiner Identitätskarte.
Der Brief wurde von der Einwohnerschaft der Siedlung Sichin mit großer Befriedigung zur Kenntnis genommen, da er den bevorstehenden Feierlichkeiten einen nicht alltäglichen persönlichen Beigeschmack sicherte. Der einzig Unzufriedene war der Vater des Gedankens, Munik Rokotowsky:
»Was heißt das: dreißig Sekunden? Warum nur dreißig Sekunden? Wofür halten die mich? Und was, wenn David mich nicht losläßt und mich vor lauter Freude immer aufs neue umarmt?«
»Es sind offizielle Maßnahmen«, erklärte man ihm. »Das Arrangement beruht auf langjähriger Erfahrung und ist in jedem Detail gründlich überlegt. Die Zeiten haben sich geändert, Genosse Rokotowsky. Wir leben in einem modernen Staat, nicht mehr unter türkischer Herrschaft wie damals.«
»Gut«, antwortete Rokotowsky. »Dann eben nicht.«

»Was: eben nicht?«
»Dann werde ich David eben nicht küssen. Wir haben auf derselben Zitrusplantage gearbeitet, meine Baracke lag um die Ecke von der seinen, die dritte von links, vielleicht sogar die zweite. Wenn ich einen alten Freund nicht umarmen kann, wie ich will, dann eben nicht.«
»Nicht? Was heißt nicht? Wieso nicht?« drang es von allen Seiten auf den starrköpfigen Alten ein. »Wozu haben wir uns um die offizielle Bewilligung für dich bemüht? Wie wird das jetzt ausschauen? Der Ministerpräsident steigt aus, will geküßt werden, und niemand ist da, der ihn küßt?!«
Die Erregung der Verantwortlichen war begreiflich. Hatten sie doch der Presse gegenüber schon Andeutungen durchsickern lassen, daß es beim bevorstehenden Besuch des Ministerpräsidenten in Sichin, der »ganz bestimmte sentimentale Hintergründe« hätte, zu einer »ungewöhnlichen Wiedersehensfeier« kommen könnte . . . Die Blamage wäre nicht auszudenken.
»Küß ihn, Munik, küß ihn!« beschworen sie den Rebellen. »Wenn du ihn nicht küßt, dann lassen wir ihn von einem andern küssen, du wirst schon sehen.«
»Gut«, sagte Munik Rokotowsky. »Dann küßt ihn eben ein anderer.«
Es war nichts zu machen mit Rokotowsky. Er schloß sich in seine Wohnung ein, er kam auch nicht zu der ad hoc einberufenen Sondersitzung, auf der sein Fall stürmisch diskutiert wurde.
Genosse Jubal beanspruchte den freigewordenen Jubiläumskuß für sich und machte geltend, daß er alters- und siedlungsmäßig unmittelbar auf Rokotowsky folgte. Der

Vorsitzende wollte die Streitfrage durch den demokratischen Vorgang des Losens geschlichtet sehen. Andere Ratsmitglieder schlugen vor, einen erfahrenen Küsser von auswärts kommen zu lassen. Nach langen Debatten einigte man sich auf einen neuerlichen Brief an die Präsidialkanzlei:

»Werte Genossen! Aus technischen Gründen, die sich unserer Einflußnahme leider entziehen, müssen wir auf die für den Besuch des Ministerpräsidenten vorgesehenen Kußdienste des Genossen Rokotowsky verzichten. Da jedoch unsere fieberhaften Vorbereitungen für dieses Ereignis, dem die gesamte Bewohnerschaft unserer Siedlung freudig und erwartungsvoll entgegensieht, schon sehr weit gediehen sind, bitten wir Euch, uns bei der Wahl eines neuen Kußkandidaten behilflich zu sein. Selbstverständlich würde sich der neugewählte Kandidat streng an die von Euch schon früher erteilten Instruktionen halten ...«

Wenige Tage später erschien ein offizieller Delegierter der Präsidialkanzlei, der sofort eine Sichtungs- und Siebungstätigkeit aufnahm und zunächst alle Hochgewachsenen und alle Schnurrbartträger aus der Liste der Kandidaten strich. Schließlich entschied er sich für einen freundlichen, gedrungenen, glattrasierten Mann mittleren Alters, der zufällig mit dem Sekretär der örtlichen Parteileitung identisch war. Auf einer Generalkarte der Siedlung Sichin wurde sodann der Weg, den das Auto des Ministerpräsidenten und anschließend er selbst nehmen würde, genau eingezeichnet; eine gestrichelte Linie markierte die Wegspanne, die der begeistert aus dem Spalier Ausbrechende bis zur Wange des Ministerpräsidenten zurückzulegen hätte. Sowohl der Ausbruchspunkt als auch der Punkt der tatsächlichen Kußszene wurden rot eingekreist.

Am Vortag der Festlichkeiten fanden mehrere Stellproben statt, um einen glatten Verlauf der Aktion zu gewährleisten. Besonders sorgfältig probte man die Intensität der Umarmung, da ja die Statur und das Alter des Ministerpräsidenten und Verteidigungsministers zu berücksichtigen waren. Das Problem der Zeitdauer wurde dadurch gelöst, daß der Küsser leise bis 29 zählen und bei 30 den Ministerpräsidenten unverzüglich loslassen sollte. Bei allen diesen Arrangements erwies sich die Hilfe des Delegierten als überaus wertvoll. Er sorgte auch für die Verteilung der Geheimpolizisten und für die richtige Plazierung der Pressefotografen, damit sie zum fraglichen Zeitpunkt die Sonne im Rücken hätten.

Dank dieser sorgfältigen Planung ging die Zeremonie glatt vonstatten. Der Ministerpräsident traf mit seinem Gefolge kurz nach elf in Sichin ein, entstieg an der zuvor fixierten Stelle seinem Wagen und wurde auf dem Weg zum Verwaltungsgebäude programmgemäß von einem ihm Unbekannten geküßt und umarmt, wobei ihm auffiel, daß der Unbekannte die Umarmung mit den Worten: »Achtundzwanzig – neunundzwanzig – aus!« beendete. Der Ministerpräsident lächelte herzlich, wenn auch ein wenig verlegen, und setzte seinen Weg fort, bis er auf das kleine Mädchen mit den Blumen stieß und neuer Jubel im Spalier der Bewohner von Sichin aufbrauste ...

Nur ein einziger hatte an der allgemeinen Freude kein Teil. Munik Rokotowsky stand ganz allein im Hintergrund und konnte die Tränen nicht zurückhalten, als er den Ministerpräsidenten im Tor des Verwaltungsgebäudes verschwinden sah. Vor fünfzig Jahren hatten sie zusammen in derselben Zitrusplantage gearbeitet. Das war *sein* Kuß. Der Kuß, den er niemals küssen wird.

Komplexbeladene Psychiater behaupten, daß jedes jüdische Kind von seinen Eltern maßlos verwöhnt wird, weil es »alles haben soll, was wir nicht hatten«. Daran ist etwas Wahres. Ich, zum Beispiel, habe in meiner ganzen unglücklichen Kindheit kein einziges Mal das betörende Aroma von gestreiftem Kaugummi genossen. Infolgedessen würde ich heute, um Kaugummi für mein Kind herbeizuschaffen, bis ans Ende der Welt fahren. Ohne Kind, natürlich.

Les Parents Terribles

Als wir uns erst einmal zu dieser Erholungsreise entschlossen hatten, meine Frau und ich, machten wir uns an die Ausarbeitung eines detaillierten Reiseplans. Alles klappte, nur ein einziges Problem blieb offen: was werden die Kinder sagen? Nun, Rafi ist schon ein großer Junge, mit dem man vernünftig reden kann. Er begreift, daß Mammi und Pappi vom König der Schweiz eingeladen wurden und daß man einem König nicht nein sagen darf, sonst wird er wütend. Das wäre also in Ordnung. Aber was machen wir mit Amir? Amir zählt knapp zweieinhalb Jahre, und in diesem Alter ist das Kleinkind bekanntlich am heftigsten an seine Eltern attachiert. Wir wissen von Fällen, in denen verantwortungslose Eltern ihr Kind für zwei Wochen allein ließen – und das arme Wurm trug eine Unzahl von Komplexen davon, die schließlich zu seinem völligen Versagen im Geographieunterricht führten. Ein kleines Mädchen in Natanja soll auf diese Art sogar zur Linkshänderin geworden sein.
Ich besprach das Problem beim Mittagessen mit meiner

Frau, der besten Ehefrau von allen. Aber als wir die ersten französischen Vokabeln wechselten, legte sich über das Antlitz unseres jüngsten Sohnes ein Ausdruck unbeschreiblicher, herzzerreißender Trauer. Aus großen Augen sah er uns an und fragte mit schwacher Stimme: »Walum? Walum?«

Das Kind hatte etwas gemerkt, kein Zweifel. Das Kind war aus dem inneren Gleichgewicht geraten. Er hängt sehr an uns, der kleine Amir, ja, das tut er.

Ein kurzer Austausch stummer Blicke genügte meiner Frau und mir, um uns den Plan einer Auslandsreise sofort aufgeben zu lassen. Es gibt eine Menge Ausland, aber es gibt nur einen Amir. Wir fahren nicht, und damit gut. Wozu auch? Wie könnte uns Paris gefallen, wenn wir ununterbrochen daran denken müßten, daß Amir inzwischen zu Hause sitzt und mit der linken Hand zu schreiben beginnt? Man hält sich Kinder nicht zum Vergnügen, wie Blumen oder Zebras. Kinder zu haben ist eine Berufung, eine heilige Pflicht, ein Lebensinhalt. Wenn man seinen Kindern keine Opfer bringen kann, dann läßt man besser alles bleiben und geht auf eine Erholungsreise.

Das war genau unser Fall. Wir hatten uns sehr auf diese Erholungsreise gefreut, wir brauchten sie, physisch und geistig, und es wäre uns sehr schwer gefallen, auf sie zu verzichten. Wir wollten ins Ausland fahren.

Aber was tun wir mit Amir, dem traurigen, dem großäugigen Amir?

Wir berieten uns mit Frau Golda Arje, unserer Nachbarin. Ihr Mann ist Verkehrspilot, und sie bekommt zweimal im Jahr Freiflugtickets. Wenn wir sie richtig verstanden haben, bringt sie ihren Kindern die Nachricht jeweils stufenweise bei, beschreibt ihnen die Schönheiten der Länder, die sie überfliegen wird, und kommt mit vielen Fotos nach Hause. So nimmt das Kind an der Freude der Eltern teil, ja es hat beinahe das Gefühl, die Reise miterlebt zu haben. Ein klein wenig Behutsamkeit und Verständnis, mehr braucht's nicht. Noch vor hundert Jahren wären Frau Golda Arjes Kinder, wenn man ihnen gesagt hätte, daß ihre Mutti nach Amerika geflogen ist, in hysterische Krämpfe verfallen oder wären Taschendiebe geworden. Heute, dank der Psychoanalyse und dem internationalen Flugverkehr, finden sie sich mühelos mit dem Unvermeidlichen ab.

Wir setzten uns mit Amir zusammen. Wir wollten offen mit ihm reden, von Mann zu Mann.

»Weißt du, Amirlein«, begann meine Frau, »es gibt so hohe Berge in –«

»Nicht wegfahren!« Amir stieß einen schrillen Schrei aus. »Mammi Pappi nicht wegfahren! Amir nicht allein lassen! Keine Berge! Nicht fahren!«

Tränen strömten über seine zarten Wangen, angstbebend preßte sich sein kleiner Kinderkörper gegen meine Knie.

»Wir fahren nicht weg!« Beinahe gleichzeitig sprachen wir beide es aus, gefaßt, tröstend, endgültig. Die Schönheiten der Schweiz und Italiens zusammengenommen rechtfertigen keine kleinste Träne in unseres Lieblings blauen Augen. Sein Lächeln gilt uns mehr als jedes Alpenglühen. Wir bleiben zu Hause. Wenn das Kind etwas älter ist, sechzehn oder zwanzig, wird man weitersehen. Damit schien das Problem gelöst.

Leider trat eine unvorhergesehene Komplikation auf: am nächsten Morgen beschlossen wir, trotzdem zu fahren. Wir lieben unseren Sohn Amir, wir lieben ihn über alles, aber wir lieben auch Auslandsreisen sehr. Wir werden uns von dem kleinen Unhold nicht um jedes Vergnügen bringen lassen.
In unserem Bekanntenkreis gibt es eine geschulte Kinderpsychologin. An sie wandten wir uns und legten ihr die delikate Situation genau auseinander.
»Ihr habt einen schweren Fehler gemacht«, bekamen wir zu hören. »Man darf ein Kind nicht anlügen, sonst trägt es seelischen Schaden davon. Ihr müßt ihm die Wahrheit sagen. Und unter gar keinen Umständen dürft ihr heimlich die Koffer packen. Im Gegenteil, der Kleine muß euch dabei zuschauen. Er darf nicht das Gefühl haben, daß ihr ihm davonlaufen wollt . . .«
Zu Hause angekommen, holten wir die beiden großen Koffer vom Dachboden, klappten sie auf und riefen Amir ins Zimmer.
»Amir«, sagte ich geradeheraus und mit klarer, kräftiger Stimme, »Mammi und Pappi –«
»Nicht wegfahren!« brüllte Amir. »Amir liebt Mammi und Pappi! Amir nicht ohne Mammi und Pappi lassen! Nicht wegfahren!«
Das Kind war ein einziges, großes Zittern. Seine Augen schwammen in Tränen, seine Nase tropfte, seine Arme flatterten in hilflosem Schrecken durch die Luft. Er stand unmittelbar vor einem nie wieder gutzumachenden Schock, der kleine Amir. Nein, das durfte nicht geschehen. Wir nahmen ihn in die Arme, wir herzten und kosten ihn: »Mammi und Pappi fahren nicht weg . . .

warum glaubt Amir, daß Mammi und Pappi wegfahren ... Mammi und Pappi haben die Koffer heruntergenommen und nachgeschaut, ob vielleicht Spielzeug für Amir drinnen ... Mammi und Pappi bleiben zu Hause ... immer ... ganzes Leben ... nie wegfahren ... immer nur Amir ... nichts als Amir ... Europa pfui ...«

Aber diesmal war Amirs seelische Erschütterung schon zu groß. Immer wieder klammerte er sich an mich, in jedem neuen Aufschluchzen lag der Weltschmerz von Generationen. Wir selbst waren nahe daran, in Tränen auszubrechen. Was hatten wir da angerichtet, um Himmels willen? Was ist in uns gefahren, daß wir diese kleine, zarte Kinderseele so brutal verwunden konnten?

»Steh nicht herum wie ein Idiot!« ermahnte mich meine Frau. »Bring ihm einen Kaugummi!«

Amirs Schluchzen brach so übergangslos ab, daß man beinahe die Bremsen knirschen hörte:

»Kaugummi? Pappi blingt Amir Kaugummi aus Eulopa?«

»Ja, mein Liebling, ja, natürlich. Kaugummi. Viel, viel Kaugummi. Mit Streifen.«

Das Kind weint nicht mehr. Das Kind strahlt übers ganze Gesicht:

»Kaugummi mit Stleifen, Kaugummi mit Stleifen! Pappi Amir Kaugummi aus Eulopa holen! Pappi wegfahren! Pappi schnell wegfahren! Viel Kaugummi für Amir!«

Das Kind hüpft durchs Zimmer, das Kind klatscht in die Hände, das Kind ist ein Sinnbild der Lebensfreude und des Glücks:

»Pappi wegfahren! Mammi wegfahren! Beide wegfahren! Schnell, schnell! Walum Pappi noch hier? Walum, walum . . .«

Und jetzt stürzten ihm wieder die Tränen aus den Augen, sein kleiner Körper bebte, seine Hände krampften sich am Koffergriff fest, mit seinen schwachen Kräften wollte er den Koffer zu mir heranziehen.

»Wir fahren ja, Amir, kleiner Liebling«, beruhigte ich ihn. »Wir fahren sehr bald.«

»Nicht bald! Jetzt gleich! Mammi und Pappi jetzt gleich wegfahren!«

Das war der Grund, warum wir unsere Abreise ein wenig vorverlegen mußten. Die letzten Tage waren recht mühsam. Der Kleine gab uns allerlei zu schaffen. In der Nacht weckte er uns durchschnittlich dreimal aus dem Schlaf, um uns zu fragen, warum wir noch hier sind und wann wir endlich fahren. Er hängt sehr an uns, Klein Amir, sehr. Wir werden ihm viele gestreifte Päckchen Kaugummi mitbringen. Auch die Kinderpsychologin bekommt ein paar Päckchen.

»Liebe deinen Nächsten wie dich selbst«, lautet ein altes hebräisches Gebot, das, wie man weiß, allgemein respektiert und befolgt wird. Seine etwas vulgärere Fassung ist das Sprichwort: »Was du nicht willst, daß man dir tu, das füg auch keinem andern zu.« Jedenfalls empfiehlt es sich, seinem Nächsten kein Geld zu borgen. Denn wer möchte selbst in die Lage geraten, seinem Nächsten Geld schuldig zu sein?

Keine Gnade für Gläubiger

7. September. Traf heute zufällig Manfred Toscanini (keine Verwandtschaft) auf der Straße. Er war sehr aufgeregt. Wie aus seinem von Flüchen unterbrochenen Bericht hervorging, hatte er sich von Jascha Obernik 100 Pfund ausborgen wollen, und dieser Lump, dieser Strauchdieb, dieses elende Stinktier hatte sich nicht entblödet, ihm zu antworten: »Ich habe sie, aber ich borge sie dir nicht!« Der kann lange warten, bis Manfred wieder mit ihm spricht!

Ob wir denn wirklich schon so tief gesunken wären, fragte mich Manfred. Ob es denn auf dieser Welt keinen Funken Anständigkeit mehr gäbe, keine Freundschaft, keine Hilfsbereitschaft?

»Aber Manfred!« beruhigte ich ihn. »Wozu denn die Aufregung?« Und ich händigte ihm lässig eine Hundertpfundnote ein.

»Endlich ein Mensch«, stammelte Manfred und kämpfte tapfer seine Tränen nieder. »In spätestens zwei Wochen hast du das Geld zurück, du kannst dich hundertprozentig darauf verlassen!«

Wenn ich meine Frau richtig verstanden habe, bin ich ein Idiot. Aber ich wollte Manfred Toscanini den Glauben an die Menschheit wiedergeben. Und ich will ihn nicht zum Feind haben.

18. September. Als ich das Café Rio verließ, stieß ich in Manfred Toscanini hinein. Wir setzten unseren Weg gemeinsam fort. Ich vermied es sorgfältig, daß Darlehen zu erwähnen, doch schien gerade diese Sorgfalt Manfreds Zorn zu erregen. »Nur keine Angst«, zischte er. »Ich habe dir versprochen, daß du dein Geld in vierzehn Tagen zurückbekommst, und diese vierzehn Tage sind noch nicht um. Was willst du eigentlich?« Ich verteidigte mich mit dem Hinweis darauf, daß ich kein Wort von Geld gesprochen hätte. Manfred meinte, ich sei nicht besser als alle anderen, und ließ mich stehen.

3. Oktober. Peinlicher Zwischenfall auf der Kaffeehausterrasse. Manfred Toscanini saß mit Jascha Obernik an einem Tisch und fixierte mich. Er war sichtlich verärgert. Ich sah möglichst unverfänglich vor mich hin, aber das machte es nur noch schlimmer. Er stand auf, trat drohend an mich heran und sagte so laut, daß man es noch drin im Kaffeehaus hören konnte: »Also gut, ich bin mit ein paar Tagen in Verzug. Na wennschon. Deshalb wird die Welt nicht einstürzen. Und deshalb brauchst du mich nicht so vorwurfsvoll anzuschauen!« Ich hätte nichts dergleichen getan, replizierte ich. Daraufhin nannte mich Manfred einen Lügner und noch einiges mehr, was sich der Wiedergabe entzieht. Ich fürchte, daß es Komplikationen geben wird.

Meine Frau sagte, was Frauen in solchen Fällen immer sagen: »Hab ich's dir nicht gleich gesagt?« sagte sie und lächelte sardonisch.

11. Oktober. Wie ich höre, erzählt Manfred Toscanini überall herum, daß ich ein hoffnungsloser Morphinist sei und daß außerdem zwei bekannte weibliche Rechtsanwälte Vaterschaftsklage gegen mich eingebracht hätten. Natürlich ist an alledem kein wahres Wort. Morphium! Ich rauche nicht einmal.
Meine Frau ist trotzdem der Meinung, daß ich um meiner inneren Ruhe willen auf die 100 Pfund verzichten soll.

14. Oktober. Sah Toscanini heute vor einem Kino Schlange stehen. Bei meinem Anblick wurden seine Augen starr, seine Stirnadern schwollen an, und seine Nackenmuskeln verkrampften sich. Ich sprach ihn an: »Manfred«, sagte ich gutmütig, »ich möchte dir einen Vorschlag machen. Vergessen wir die Geschichte mit dem Geld. Das Ganze war ohnehin nur eine Lappalie. Du bist mir nichts mehr schuldig. In Ordnung?« Toscanini zitterte vor Wut. »Gar nichts ist in Ordnung!« fauchte er. »Ich pfeife auf deine Großzügigkeit. Hältst du mich vielleicht für einen Schnorrer?« Er war außer Rand und Band. So habe ich ihn noch nie gesehen. Obernik, mit dem er das Kino besuchte, mußte ihn zurückhalten, sonst hätte er sich auf mich geworfen. Ich machte rasch kehrt und lief nach Hause.
Meine Frau sagte zu mir: »Hab ich's dir nicht gleich gesagt?«

29. Oktober. Immer wieder werde ich gefragt, ob es wahr ist, daß ich mich freiwillig zum Vietcong gemeldet habe und wegen allgemeiner Körperschwäche zurückgewiesen wurde. Ich weiß natürlich, wer hinter diesen Gerüchten steckt. Es dürfte derselbe sein, der mir in der Nacht mit faustgroßen Steinen die Fenster einwirft. Als ich gestern das Café Rio betrat, sprang er auf und brüllte: »Darf denn heute schon jeder Vagabund hier hereinkommen? Ist das ein Kaffeehaus oder ein Asyl für Obdachlose?« Um Komplikationen zu vermeiden, drängte mich der Cafétier zur Türe hinaus.
Meine Frau hatte es gleich gesagt.

8. November. Heute kam mein Lieblingsvetter Aladar zu mir und bat mich, ihm 10 Pfund zu leihen. »Ich habe sie, aber ich borge sie dir nicht«, antwortete ich. Aladar ist mein Lieblingsvetter, und ich möchte unsere Freundschaft nicht zerstören. Ich habe ohnehin schon genug Schwierigkeiten. Das Innenministerium hat meinen Paß eingezogen. »Wir erwarten Nachricht aus Nordvietnam«, lautete die kryptische Antwort auf meine Frage, wann ich den Paß wiederbekäme. Soviel zu meinem Plan, ins Ausland zu fliehen.
Meine Frau – deren Warnungen ich in den Wind geschlagen hatte, als es noch Zeit war – läßt mich nicht mehr allein ausgehen. In ihrer Begleitung suchte ich einen Psychiater auf. »Toscanini haßt Sie, weil Sie ihm Schuldgefühle verursachen«, erklärte er mir. »Er leidet Ihnen gegenüber an einem verschobenen Vaterkomplex. Sie könnten ihm zum Abreagieren verhelfen, wenn Sie sich für einen Vatermord zur Verfügung stellen. Aber

das ist wohl zu viel verlangt?« Ich bejahte. »Dann gäbe es, vielleicht, noch eine andere Möglichkeit. Toscaninis mörderischer Haß wird Sie so lange verfolgen, als er Ihnen das Geld nicht zurückzahlen kann. Vielleicht sollten Sie ihn durch eine anonyme Zuwendung dazu in die Lage setzen.«
Ich dankte dem Seelenforscher überschwenglich, sauste zur Bank, hob 500 Pfund ab und warf sie durch den Briefschlitz in Toscaninis Wohnung.

11. November. Auf der Dizengoffstraße kam mir heute Toscanini entgegen, spuckte aus und ging weiter. Ich erstattete dem Psychiater Bericht. »Probieren geht über studieren«, sagte er. »Jetzt wissen wir wenigstens, daß es auf diese Weise nicht geht.«
Eine verläßliche Quelle informierte mich, daß Manfred eine große Stoffpuppe gekauft hat, die mir ähnlich sieht. Jeden Abend vor dem Schlafengehen, manchmal auch während des Tages, sticht er ihr feine Nadeln in die Herzgegend. Die Polizei weigert sich, einzuschreiten.

20. November. Unangenehmes Gefühl im Rücken, wie von kleinen Nadelstichen. In der Nacht wachte ich schweißgebadet auf und begann zu beten. »Ich habe gefehlt, o Herr!« rief ich aus. »Ich habe einem Nächsten in Israel Geld geliehen! Werde ich die Folgen meines Aberwitzes bis ans Lebensende tragen müssen? Gibt es keinen Ausweg?«
Von oben hörte ich eine tiefe, väterliche Stimme: »Nein!«

1. Dezember. Nadelstiche in den Hüften und zwischen den Rippen. Vaterkomplexe überall. Auf einen Stock und auf meine Frau gestützt, suchte ich einen praktischen Arzt auf. Unterwegs sahen wir auf der gegenüberliegenden Straßenseite Obernik. »Ephraim«, flüsterte meine Frau, »schau ihn dir einmal ganz genau an! Das rundliche Gesicht ... die leuchtende Glatze ... eine ideale Vaterfigur!« Sollte es noch Hoffnung für mich geben?

3. Dezember. Begegnete Toscanini vor dem Kaffeehaus und hielt ihn an. »Danke für das Geld«, sagte ich rasch, bevor er mich niederschlagen konnte. »Obernik hat deine Schuld auf Heller und Pfennig an mich zurückgezahlt. Er hat mich zwar gebeten, dir nichts davon zu sagen, aber du sollst wissen, was für einen guten Freund du an ihm hast. Von jetzt an schuldest du also die hundert Pfund nicht mir, sondern Obernik.« Manfreds Gesicht entspannte sich. »Endlich ein Mensch«, stammelte er und kämpfte tapfer seine Tränen nieder. »In spätestens zwei Wochen hat er das Geld zurück.«

22. Januar. Als wir heute Arm in Arm durch die Dizengoffstraße gingen, sagte mir Manfred: »Obernik, diese erbärmliche Kreatur, sieht mich in der letzten Zeit so unverschämt an, daß ich ihm demnächst ein paar Ohrfeigen herunterhauen werde. Gut, ich schulde ihm Geld. Aber das gibt ihm noch nicht das Recht, mich wie einen Schnorrer zu behandeln. Er wird sich wundern, verlaß dich darauf!«

Ich verlasse mich darauf.

Ich glaube schon erwähnt zu haben, daß wir ein sehr traditionsbewußtes Volk sind. Genauer gesagt: unsere Traditionen halten uns unbarmherzig umklammert. Man braucht nur an jenes Gebot aus dem Buch der Bücher zu denken, welches uns auferlegt, in jedem siebenten Jahr unser Land nicht zu bebauen. Was macht man da? Wenn wir das Land brachliegen lassen, müssen wir verhungern. Wenn wir es bebauen, rufen wir den Zorn des Allmächtigen auf uns herab. Ein Kompromiß tut not. Um Gottes willen, ein Kompromiß!

Das siebente Jahr

Die himmlischen Regionen lagen in strahlendem Licht. Allüberall herrschte majestätische Ruhe. Gott der Herr saß auf Seinem Wolkenthron und lächelte zufrieden, wie immer, wenn alles nach Seinen Wünschen ging.

Einer der Himmelsbeamten, ein nervöser kleiner Kerl mit schütterem Spitzbart, bat um Gehör.

»Allmächtiger Weltenherr«, hub er an. »Verzeih die Störung . . .«

»Was gibt's?«

»Es handelt sich schon wieder um Israel.«

»Ich weiß.« Gott machte eine resignierte Handbewegung. »Die unreinen Fleischkonserven aus Argentinien.«

»Wenn es nur das wäre! Aber sie bearbeiten das Land. Auch auf den Kibbuzim der religiösen Parteien.«

»Sollen nur arbeiten. Es wird ihnen nicht schaden.«

»Herr der Welt«, sagte der Beamte und hob beschwörend die Hände. »Heuer ist ein Schmitta-Jahr. Ein siebentes Jahr, Herr, ein Jahr, in dem alle Landarbeit zu ruhen hat, auf daß Dein Wille geschehe.«

Der Herr der Welt schloß nachdenklich die Augen. Dann widerhallte Seine Stimme durch den Weltenraum:

»Ich verstehe. Sie bearbeiten das Land, das Ich ihnen gegeben habe, auch im Jahr der Sabbatruhe. Sie mißachten Meine Gebote. Das sieht ihnen ähnlich. Wo ist Bunzl?«

Geschäftiges Durcheinander entstand. Himmlische Boten flogen in alle Richtungen, um Ausschau zu halten nach dem Vertreter der Orthodoxen Partei Israels im Himmel, Isidor Bunzl (früher Preßburg). Blitze durchzuckten das All. Bunzl kam angerannt. Sein Gebetmantel flatterte hinter ihm her.

»Warum bebaut ihr euer Land in einem Schmitta-Jahr?« donnerte der Herr. »Antworte!«

Isidor Bunzl senkte demütig den Kopf:

»Adonai Zebaoth, wir bebauen unser Land nicht. Wir besitzen gar kein Land in Israel.«

»Sprich keinen Unsinn! Was ist los mit eurem Land?«

»Es wurde vom Rabbinat an einen Araber verkauft. Alles Land. In ganz Israel befindet sich derzeit kein Land in jüdischen Händen. Deshalb können wir unser Land auch nicht bebauen.« Das Antlitz des Herrn verfinsterte sich:

»An einen Araber verkauft? Ganz Israel? Unerhört! Wo ist Mein Rechtsberater?«

Im nächsten Augenblick schwebte Dr. Siegbert Krotoschiner herbei:

»Herr der Heerscharen«, begann er seine Erklärung, »wir stehen einer rechtlich vollkommen klaren Situation gegenüber. Das Ministerium für religiöse Angelegenheiten hat auf Grund einer Vollmacht, die ihm vom Landwirtschaftsministerium erteilt wurde, das gesamte israelische Ackerland für die Dauer eines Jahres an einen Araber verkauft. Die Vertragsunterzeichnung erfolgte in Jerusalem, im Beisein von Vertretern der Regierung und des Rabbinats.«

»Und warum verkauft man das Land ausgerechnet in einem Schmitta-Jahr?« Die Stirne des Herrn legte sich in tiefe Furchen. »Und ausgerechnet für die Dauer eines Jahres? Alles Land? An einen Araber? Sehr merkwürdig.«

»Die Beteiligten haben den Vertrag ordnungsgemäß gezeichnet und gesiegelt und in einem Banksafe deponiert«, erläuterte Dr. Krotoschiner. »Er ist juristisch unanfechtbar.«

»Wurde das Schofar geblasen?« fragte Gott der Herr.

»Selbstverständlich«, beruhigte Ihn Isidor Bunzl. »Selbstverständlich.«

Gott der Herr war noch nicht überzeugt. Sturmwolken zogen auf, einige Engel begannen zu zittern.

»Mir gefällt das alles nicht«, sprach der Herr. »Nach Meinem Gebot soll das Land in jedem siebenten Jahr ruhen, und es ruhe auch der, welcher es bebaut. Nie habe Ich gesagt, daß dieses Gebot auf verkauftes Land nicht anzuwenden ist.«

»Verzeih, Allmächtiger!« Isidor Bunzl warf sich dem Herrn zu Füßen. »Schlage mich, wenn Du willst, mit starker Hand – aber in dieser Sache kenne ich mich besser aus als Du. Es steht ausdrücklich geschrieben –«

»*Was* steht ausdrücklich geschrieben?« unterbrach ihn zürnend der Herr. »Ich möchte das Protokoll sehen!«

»Moses, Moses!« schallte es durch den Raum.

Der Gerufene erschien unter Sphärenklängen, die fünf Protokollbücher unterm Arm. Freundlich nickte der Herr ihm zu.

»Lies Mir die diesbezügliche Stelle vor, Mein Kind!«

Schon nach kurzem Blättern hatte Moses die Stelle gefunden:

»In meinem dritten Buch, Kapitel 25, Absatz 2, 3 und 4, heißt es wie folgt. Rede mit den Kindern Israels, und sprich zu ihnen: Wenn ihr in das Land kommt, das ich euch geben werde, so soll das Land dem Herrn die Feier halten.«

»Da habt ihr's!« Gott blickte triumphierend in die Runde. »Ich wußte es ja.«

»Sechs Jahre sollt ihr eure Felder besäen«, fuhr Moses fort, »und eure Weinberge beschneiden und die Früchte einsammeln. Im siebenten Jahre aber soll das Land seine große Feier dem Herrn feiern, und sollt eure Felder nicht besäen noch eure Weinberge beschneiden.«

Moses klappte das Protokollbuch zu. Eine Pause entstand. Dann nahm Bunzl das Wort:

»Du siehst, König der Könige – es heißt ausdrücklich: *eure* Felder. Somit bezieht sich Dein Gebot nicht auf fremden Landbesitz.«

»Von Landbesitz ist nirgends die Rede«, widersprach Gott, aber es klang ein wenig unsicher.

»Herr der Welt, das Rabbinats-Gremium der Orthodoxen Partei hat diese Interpretation des Textes auf einer eigens einberufenen Tagung feierlich gebilligt.«

»Wurde das Schofar geblasen?«

»Selbstverständlich.«

»Hm . . .«

Der Heilige, gepriesen sei Sein Name, schien sich allmählich mit dem Arrangement abzufinden. Ein erleichtertes Aufatmen ging durch Sein Gefolge. Aber da verfinsterte sich Gottes Antlitz von neuem, und Seine Stimme erhob sich grollend:

»Ihr könnt sagen, was ihr wollt – da stimmt etwas nicht. Irgendwo steckt doch ein Betrug. Wenn Ich nur wüßte, wo . . .«

»Herr«, flüsterte Isidor Bunzl mit leisem Vorwurf. »Herr, Du willst doch nicht sagen –«

»Ruhe! Ich bitte mir Ruhe aus! Also wie war das? Das Ministerium für religiöse Angelegenheiten hat eine Vollmacht vom Landwirtschaftsministerium bekommen?«

»Ja, o Herr. Eine schriftliche Vollmacht.«

»Wie darf ein Ministerium sich die Macht anmaßen, Mein Land zu verkaufen? An einen Araber? Für wieviel haben sie es verkauft?«

»Für fünfzig Pfund«, antwortete Dr. Krotoschiner. »Und selbst diese Summe hat man dem arabischen Käufer rückerstattet.«

»Die Geschichte wird immer undurchsichtiger«, zürnte der Ewige. »Was soll das alles? Ich habe dieses Land, in welchem Milch und Honig fließt, den Nachkommen Abrahams zu eigen gegeben für alle Zeiten – und dann kommt irgendein Landwirtschaftsminister und verschleudert es für fünfzig Pfund!«

»Wir haben das Schofar geblasen«, versuchte Isidor Bunzl zu beschwichtigen.

Auf Gott den Herrn machte das keinen Eindruck mehr. Gott der Herr erhob sich. Gewaltig dröhnte seine

Stimme durch das All, gewaltige Donnerschläge begleiteten sie.
»Ich lege Berufung ein!« sprach der Herr. »Und wenn nötig, bringe ich den Fall vor das Jüngste Gericht!«
Damit wandte Er sich ab. Aber einige Engel wollen gesehen haben, daß Er in Seinen Bart schmunzelte.

Zu den einträglichsten Geschäftszweigen der Welt gehört der Tourismus. Das gilt besonders für ein Land, in dem Moses, Jesus und Mohammed nur durch eine verhältnismäßig geringfügige Zeitdifferenz daran gehindert wurden, sich zu einem Symposium über das Thema »Der Monotheismus und sein Einfluß auf den Fremdenverkehr« zusammenzusetzen. Dementsprechend unterhält Israel ein eigenes Ministerium zur Förderung des Fremdenverkehrs, das der einheimischen Bevölkerung immer wieder erklärt, wie wichtig die zuvorkommende Behandlung ausländischer Besucher für die Wirtschaft des Landes ist und warum man dafür auch eine kleine Unbequemlichkeit in Kauf nehmen muß. Um die Wahrheit zu sagen: mit der Höflichkeit ist es in unserem Lande noch nicht weit her. Aber mit der Unbequemlichkeit klappt es hervorragend.

Seid nett zu Touristen!

Die Feuchtigkeit. Der Feuchtigkeitsgehalt der Luft. Die Hitze könnte man ja noch ertragen – aber die Feuchtigkeit! Sie ist es, die den Menschen in die nördlichen Gegenden des Landes treibt. Unter der Woche kriecht er schwitzend und keuchend durch die engen, dampfenden, brodelnden Straßen Tel Avivs, und der einzige Gedanke, der ihn noch am Leben hält, ist die Hoffnung auf ein kühlendes Wochenende am Ufer des Tiberias-Sees.

Wir hatten ein Doppelzimmer im größten Hotel von Tiberias reserviert und konnten das Wochenende kaum er-

warten. Hoffnungsfroh kamen wir an, und schon der Anblick des Hotels, seiner Exklusivität, seine moderne Ausstattung mit allem Komfort einschließlich Klimaanlage, verursachte uns ein Wohlgefühl sondergleichen.
Die Kühle, für die der Ort berühmt ist, schlug uns bereits aus dem Verhalten des Empfangschefs entgegen.
»Ich bedaure aufrichtig«, bedauerte er im Namen der Direktion. »Einige Teilnehmer der soeben beendeten internationalen Weinhändler-Tagung haben sich bei uns angesagt, weshalb wir Ihnen, sehr geehrter Herr und sehr geehrte gnädige Frau, leider kein Zimmer zur Verfügung stellen können, oder höchstens im alten Flügel des Hauses. Und selbst dieses erbärmliche Loch müßten Sie morgen mittag freiwillig räumen, weil Sie sonst mit Brachialgewalt entfernt werden. Ich zweifle nicht, Monsieur, daß Sie Verständnis für unsere Schwierigkeiten haben.«
»Ich habe dieses Verständnis nicht«, erwiderte ich. »Sondern ich protestiere. Mein Geld ist so viel wert wie das Geld eines andern.«
»Wer spricht von Geld! Es ist unsere patriotische Pflicht, ausländischen Touristen den Aufenthalt so angenehm wie möglich zu machen. Außerdem geben sie höhere Trinkgelder. Verschwinden Sie, mein Herr und meine Dame. Möglichst rasch, wenn ich bitten darf.«
Wir suchten in größter Hast den alten Flügel des Hauses auf, um den Empfangschef nicht länger zu reizen. Ein Empfangschef ist schließlich kein hergelaufener Niemand, sondern ein Empfangschef.
Unser kleines Zimmer war ein wenig dunkel und stickig, aber gut genug für Einheimische. Wir packten aus,

schlüpften in unsere Badeanzüge und hüpften fröhlichen Fußes zum See hinunter.

Ein Manager vertrat uns den Weg:

»Was fällt Ihnen ein, in einem solchen Aufzug hier herumzulaufen? Jeden Augenblick können die Touristen kommen. Marsch zurück ins Loch!«

Als wir vor unserem Zimmer ankamen, stand ein Posten davor. Außer den Weinhändlern hatten sich auch die Teilnehmer eines Tontaubenschießens aus Malta angesagt. Unser Gepäck war bereits in einen Kellerraum geschafft worden, der sich in nächster Nähe der Heizungskessel befand. Er grenzte geradezu an sie.

»Sie können bis elf Uhr bleiben«, sagte der Posten, der im Grunde seines Herzens ein guter Kerl war. »Aber nehmen Sie kein warmes Wasser. Die Touristen brauchen es.«

Um diese Zeit wagten wir uns nur noch schleichend fortzubewegen, meistens entlang der Wände und auf Zehenspitzen. Ein tiefes Minderwertigkeitsgefühl hatte von uns Besitz ergriffen.

»Glaubst du, daß wir öffentlich ausgepeitscht werden, wenn wir hierbleiben?« flüsterte meine Frau, die tapfere Gefährtin meines Schicksals.

Ich beruhigte sie. Solange wir uns den Anordnungen der höheren Organe nicht widersetzten, drohte uns keine unmittelbare physische Gefahr.

Einmal sahen wir einen Direktionsgehilfen durch das israelische Elendsviertel des Hotels patrouillieren, eine neunschwänzige Katze in der Hand. Wir wichen ihm aus.

Nach dem Mittagessen hätten wir gern geschlafen, wurden aber durch das Getöse einer motorisierten Kolonne aufgeschreckt. Durch einen Mauerspalt spähten wir hinaus: etwa ein Dutzend geräumiger Luxusautobusse war angekommen, und jedem entstieg eine komplette Tagung.

Ich rief zur Sicherheit in der Rezeption an:

»Gibt es unterhalb des Kesselraums noch Platz?«

»Ausnahmsweise.«

Unser neues Verlies war gar nicht so übel, nur die Fledermäuse störten. Das Essen wurde uns durch eine Luke hereingeschoben. Um für alle Eventualitäten gerüstet zu sein, blieben wir in den Kleidern.

Tatsächlich kamen kurz vor Mitternacht noch einige Touristenautobusse. Abermals wies man uns einen neuen Aufenthalt zu, diesmal ein kleines Floß auf dem See draußen. Wir hatten Glück, denn es war beinahe neu. Weniger glückliche unter den Eingeborenen mußten sich mit ein paar losen Planken zufriedengeben. Drei ertranken im Lauf der Nacht. Gott sei Dank, daß die Touristen nichts bemerkt haben.

Die israelische Filmindustrie entwickelt sich mit wahren Zwergenschritten. Es ist allerdings sehr schwer, in einem so kleinen Land Filme zu produzieren. Neuesten Berechnungen zufolge muß jeder Bewohner des Landes jeden Film mindestens dreimal sehen, damit die Kosten hereinkommen. Und manche Bewohner des Landes müssen sogar mitwirken, wenn sie als Zuschauer bei Außenaufnahmen gefangengenommen werden.

Sequenz und Konsequenz

Der Morgen dämmerte, als ich durch ein sonderbares Geräusch geweckt wurde. Ich sprang aus dem Bett. Auf dem Balkon stand im Pyjama mein Wohnungsnachbar aus dem oberen Stockwerk, Morris Kalaniot, und hämmerte verzweifelt gegen die Glastüre.

»Hilfe«, stöhnte er. »Verstecken Sie mich!«

»Was ist los?« fragte ich, während ich ihn einließ.

»Ich bin in einer Sequenz . . .«

Der Mann zitterte am ganzen Körper, zog sein linkes Bein nach und bot überhaupt einen jammervollen Anblick. Wenn seine Augen sich nicht gerade in konvulsivischen Zuckungen schlossen, wurden sie angstvoll geweitet und starrten zur Decke. Dort oben lag seine Wohnung, die er fluchtartig verlassen hatte, um zu mir herunterzuklettern. Ich drehte den Wasserhahn auf, ließ das Wasser einige Minuten laufen und gab meinem verstörten Besucher ein Glas zu trinken. Unter der Einwirkung der lauwarmen Flüssigkeit beruhigte er sich allmählich. Dann begann er seine vermeintlich aufregende Geschichte zu erzählen. In Wahrheit ist es die Geschichte einer ganz normalen Filmkarriere.

An jenem schicksalsschweren Abend (so begann er) war ich etwas länger im Büro geblieben, weil ich auf Wunsch meines sehr strengen Chefs ein paar Rechnungen neu ausschreiben mußte. Gegen neun Uhr machte ich mich zu Fuß auf den Heimweg. Vor einem nahe gelegenen Eckhaus sah ich eine große Menschenansammlung, Scheinwerfer strahlten auf, Krane mit Mikrofonen schwenkten hin und her, aufgeregte Rufe wurden von völliger Stille abgelöst – mit einem Wort: es wurde ein israelischer Film gedreht. Die Kamera war auf den Hauseingang gerichtet, aber weiter konnte man nichts sehen. Zwei massige, halbnackte Gestalten, die wie japanische Ringkämpfer aussahen, stießen jeden Herankommenden erbarmungslos zurück. Der junge Mann mit dem schreiend bunten Hemd, der neben der Kamera stand, mußte der Regisseur sein, denn er schrie am lautesten von allen. Dann erkannte ich den berühmten Schauspieler Schlomo Emmanueli. Er saß in einem Klappsessel mit Armlehne.

Plötzlich ließ der Regisseur seine unter der Schirmkappe flackernden Blicke in die Runde schweifen und brüllte:

»Verdammt, ich brauche noch irgendein Idiotengesicht für den Hintergrund!«

Wenn ein Regisseur brüllt, beginnen seine sämtlichen Helfer sofort durcheinander zu rennen. Sonst tun sie nicht viel, aber im Durcheinanderrennen sind sie groß. Einer von ihnen rannte jetzt auf die Zuschauermenge los: »Wer von euch will in dieser Sequenz mitwirken, Leute?«

Die Menge drängte mit wildem Aufschrei vorwärts. Ich wurde gegen meinen Willen mitgerissen. Und da war das Auge des Assistenten auch schon auf mich gefallen:
»Heda, Sie! Sie sind der Richtige! Es dauert nur ein paar Minuten. Kommen Sie!«
Ich habe noch nie in einem Film mitgewirkt und dachte immer, das sei so ähnlich wie im Theater: der Film wird auf einen Sitz heruntergedreht, in zwei oder drei Stunden, und Schluß. Wie kompliziert es in Wirklichkeit dabei zugeht, ahnte ich nicht. Aber, so sagte ich mir, es kann nicht schaden, in einem Film mitzuwirken. Meiner Frau erzähle ich nichts davon – und eines Tages sieht sie mich plötzlich auf der Leinwand. Schlecht? Zur Sicherheit fragte ich den Assistenten, ob ich mein Äußeres irgendwie verändern müsse, vielleicht eine neue Frisur, einen Schnurrbart oder so. Aber da schrie der Regisseur schon auf mich ein, ich sollte gefälligst den Mund halten und stehenbleiben, wo man mich hingestellt. Im übrigen war meine Rolle ganz einfach: ich hatte wie zufällig im Haustor zu stehen, während Schlomo Emmanueli herausgestürzt kam und »Taxi! Taxi!« rief.
Natürlich beneideten mich alle, daß ich die Rolle bekommen hatte, aber ich konnte ihnen nicht helfen. Jeder Mensch muß seine Chance selbst wahrnehmen, nicht wahr. Die beiden Ringkämpfer, die aus der Nähe nicht wie Japaner aussahen, sondern mehr wie Gorillas, hoben mich auf und setzten mich in einen Kreidekreis unter dem Haustor ab. Genau innerhalb dieses Kreises mußte ich stehenbleiben, so verlangte es das Drehbuch, denn Schlomo Emmanueli mußte mir zugleich mit seinem

»Taxi, Taxi!«-Ruf auf die Füße steigen. Es tat ein bißchen weh, aber wer würde der Kunst nicht ein kleines Opfer bringen. Nach fünf schmerzhaften Proben war es soweit. Der Regisseur rief »Fertig«, seine Assistenten riefen durcheinander »Ruhe«, »Achtung«, »Schießen« oder »Klappe«, dicht vor meiner Nase wurde ein Holzbrett auf eine schwarze Tafel geklappt und die Aufnahme begann. Mittendrin brüllte der Regisseur plötzlich »Schnitt« und winkte einem seiner Assistenten:
»Sagen Sie diesem Idioten« – damit meinte er mich –, »er soll nicht immer in die Kamera glotzen!«
»Es hat mich, bitte schön, niemand darauf aufmerksam gemacht, daß das verboten ist«, bemerkte ich zaghaft.
Der Assistent fragte: »Soll ich ihn hinauswerfen, Boß?«
»Ist ja egal«, fauchte der Regisseur. »Der Nächste wäre genauso ein Idiot. Es gibt ja nur Idioten.«
Dann wurde die Aufnahme nochmals von Anfang an gedreht, und dann wollte ich nach Hause gehen, weil mir heiß war. Das ganze Leben sehnt man sich danach, einmal im Licht der Jupiterlampen zu stehen, und wenn man's dann endlich erreicht hat, schwitzt man den Kragen durch. Leider war es mit dem Weggehen Essig. Jede Aufnahme wird, was ich nicht wußte, mindestens zwanzigmal gedreht, bevor der Regisseur zufrieden ist und sie »in den Kasten« schickt, wie wir Filmleute sagen. Nun, das wäre noch nicht das Schlimmste gewesen. Aber da gab es einen jungen Mann mit Brille und Schreibblock, das sogenannte »Scriptgirl«, dessen Aufgabe darin besteht, auf alle Äußerlichkeiten scharf aufzupassen, damit sie sich während der Aufnahme nicht verändern. Infolgedessen durfte ich nicht einmal von

einem Fuß auf den anderen steigen. Schlomo Emmanueli trat mir neunmal aufs linke Hühnerauge, und jedesmal rief ich: »Oj!« Ja, beim Film herrscht eiserne Disziplin. Zum Beispiel versuchte ein Mann während der Aufnahme verzweifelt, in das Haus zu gelangen – fragen Sie nicht, was er da vom Regisseur zu hören bekam! »Zur Hölle mit Ihnen, Sie hinkender Krüppel! Sie sehen doch, daß wir hier drehen!« Der Mann behauptete, er wohne hier und möchte zu Bett gehen. »Nehmen Sie sich ein Hotelzimmer!« brüllte der Regisseur. »Und stören Sie uns nicht!« Gegen halb drei Uhr früh wurde ich entlassen. Offenbar war ich nicht schlecht, denn einer der Assistenten notierte meine Adresse und ließ mich überdies von einem Stück Käse abbeißen, das er auf der Treppe gefunden hatte. Meine Frau, die mich ein wenig nervös empfing, meinte allerdings, ich hätte mich neppen lassen, und für meine Filmrolle bekäme man mindestens tausend Dollar. Ich gab ihr zu bedenken, daß ich ja schließlich noch kein Star wäre.

Sie kam gleich am Morgen. Schon um sechs filmte ich wieder. Um fünf hatte es an meiner Wohnungstür geläutet, eines dieser langen Klingelsignale, denen man anmerkt, daß der Finger am Druckknopf bleibt. Als meine Frau endlich öffnete, drangen die beiden Ringkämpfer wortlos ins Schlafzimmer ein, der eine packte mich, der andere raffte meine Kleidungsstücke zusammen, und gleich darauf saßen wir in einem wartenden Taxi. »Der Regisseur braucht Sie noch einmal«, sagten sie mir. Ich zog mich während der Fahrt an, was nicht ganz leicht war, denn wir fuhren in einem Höllentempo. Sie wissen ja, daß beim Film jede Minute Geld kostet. Eine einstündige Drehzeit verschlingt mindestens 20000 Pfund, das macht pro Minute 333.33 Pfund und pro Sekunde 5.55. Wenn der Regisseur während der Aufnahme zweimal niest, so ist das ein Verlust, der ungefähr einem halben Monatseinkommen entspricht.

Beim Aussteigen sagte ich dem Regisseur sofort, daß ich in Eile sei und nicht zu spät ins Büro kommen dürfe.

»Was heißt das: Sie sind in Eile?« brüllte er mich an. »Sie sind in einer Sequenz, und sonst interessiert mich nichts.«

Damals habe ich das Wort zum erstenmal gehört. Sequenz! Es bedeutet, daß man von dem Augenblick an, da man in einer Aufnahme drin ist, immer in dieser Aufnahme drin bleiben muß, sonst ist die Sequenz unterbrochen, und der Film kann nicht geschnitten werden. Sie verstehen? Meine Szene, zum Beispiel. Ich stehe im Hintergrund, wenn Schlomo Emmanueli nach einem Taxi ruft und mir dabei auf die Hühneraugen steigt. Und ich muß immer wieder im Hintergrund stehen, sonst würden die Zuschauer stutzig werden und sagen: »He, was ist los? Wo ist Morris Kalaniot? Vor einem Augenblick war er noch da, und jetzt ist er weg!« Deshalb wurde ich wieder zu den Aufnahmen geholt. Der Regisseur wollte Schlomo Emmanueli in einer neuen Einstellung zeigen, von ganz nah, mit mir im Hintergrund, wie immer.

Plötzlich rief der junge Mann mit der Brille und dem Notizblick, also das Scriptgirl: »Halt! Stop! Schnitt! Aus! Der Kerl hat ja ein anderes Hemd an!!«

Vor lauter Zorn hätte sich der Regisseur beinahe zu Handgreiflichkeiten hinreißen lassen. »Sie Volltrottel«,

brüllte er. »Jetzt haben Sie uns zwei Stunden Dreharbeit verpatzt!« Vergebens beteuerte ich, daß eigentlich die beiden Gorillas schuld wären, weil sie mir nichts davon gesagt hatten, daß ich im selben Hemd kommen müßte wie gestern, und meine Frau versteht ja nichts von Sequenzen, die legt mir am Morgen ein frisches Hemd heraus, und damit hat sich's. Um diese Zeit war der Regisseur bereits knallrot im Gesicht. »Hemd!« brüllte er und seine Stimme überschlug sich. »Sofort Hemd! Selbes Hemd! Sofort!« Man stieß mich in ein Taxi und brachte mich eilig nach Hause. Der Schmutzwäschekorb wurde umgestülpt, aber das Hemd war schon in der Wäscherei. Glücklicherweise konnten wir es aus der schon angelaufenen Waschmaschine herausziehen. Die beiden Gorillas zwängten mich in das klatschnasse Hemd und stellten mich zum Trocknen vor eine 25000-Volt-Jupiterlampe. »Wasser«, flehte ich, »Wasser.« Aber sie hatten nur ein hämisches Grinsen für mich.
Vierzehn weitere Aufnahmen folgten. Vierzehnmal rief Schlomo Emmanueli »Taxi! Taxi!«, und vierzehnmal trat er mir auf die Hühneraugen. Dann wurde meine linke Gesichtshälfte rasiert, die im Bild zu sehen war. Auch das ist eine Angelegenheit der Sequenz. Da ich am Vortag rasiert war, mußte ich auch diesmal rasiert sein.
Um drei Uhr nachmittags war ich endlich im Büro. Meinem Chef erzählte ich, ein Lastwagen hätte mich erfaßt und zur Seite geschleudert, worauf er sagte, daß man mir das ansähe. Etwas später schlief ich über meinen Akten ein. Gerade als ich mit dem Schreckensruf »Achtung, Aufnahme!« emporfuhr, kam der Chef durchs Zimmer. Es mißfiel ihm.

Am nächsten Morgen gelangte ich ungestört ins Büro und begann, die versäumte Arbeit nachzuholen. Plötzlich hörte ich von draußen einen vertrauten, einen entsetzlich vertrauten Lärm. »He, wo steckt er?« brüllten die Gorillas. »Wir brauchen ihn? Heraus mit dir, Bursche!«

Vor den Augen meines Chefs schleppten sie mich ab. An der Tür konnte ich mich noch umdrehen und zurückrufen: »Der Regisseur braucht mich . . .«, dann saß ich im Taxi und bekam wieder das alte Hemd über den Kopf gezogen, das sie offenbar aus der Wäscherei gestohlen hatten.

»Die Szene wird noch einmal gedreht«, erklärte mir einer der Assistenten. »Wir wollen Ihr schmerzverzerrtes Gesicht in Großaufnahme zeigen und dabei Ihren gequälten Aufschrei hören.«

Die Dreharbeiten begannen. Ich verzerrte mein Gesicht und schrie auf. Wutschnaubend unterbrach der Regisseur: »Das nennen Sie Schmerzensschrei? Einen Hammer her! Einen schweren Hammer!«

Die Assistenten rannten durcheinander und brachten das Gewünschte. Da die Kamera bei einer Großaufnahme bekanntlich nur das Gesicht zeigt, blieben meine unteren Körperpartien außerhalb des Bildes, so daß der Assistent genau zielen konnte. Neunmal sauste der Hammer auf die Überreste meiner linken kleine Zehe, und neunmal erklang mein »Oj!«, ehe das Ergebnis den Regisseur künstlerisch befriedigte. Dann wandte er sich mit verhältnismäßig ruhiger Stimme an mich: »Hinaus«, sagte er. »Hau ab! Marsch!«

Als ich kurz nach der Mittagspause ins Büro zurückkam,

erklärte mir mein Chef, dies sei das letzte Mal gewesen, daß er sich ein solches Benehmen gefallen ließe. Vergebens suchte ich ihm auseinanderzusetzen, was eine Sequenz ist, und daß man da nicht so einfach ausscheiden kann. Mein Chef ist ein sturer Geschäftsmann ohne jede Beziehung zur Kunst.

Kurz vor vier hörte ich draußen wieder die unheilkündenden schweren Tritte. Ich floh auf die Toilette und verriegelte sie. Die beiden Gorillas brachen die Tür ein und zerrten mich ins Taxi. Auf der Stiege hörte ich die Stimme meines Chefs, der mich jeder weiteren Verpflichtung seiner Firma gegenüber enthob.

Wie sich zeigte, mußte mein Schmerzensschrei noch einmal aufgenommen werden. Gestern waren zu viele Straßengeräusche dazwischengekommen.

Man hielt mir ein Mikrofon vor den Mund, und jedesmal, wenn der Hammer zuschlug, rief ich »Oj!«. Ich selbst fand den Ausruf vollkommen natürlich, aber der Regisseur war unzufrieden. Er machte keinen Hehl daraus, daß er mich haßte. Ich hütete mich, ihn zu verstimmen, sonst würde er mich vielleicht nie wieder engagieren. Mitten in der elften Aufnahme bekam ich einen Hustenanfall und verhustete ungefähr 200 Pfund in bar.

»Diese Mißgeburt bringt mich noch ins Grab!« stöhnte der Regisseur. »Noch einmal!«

Kurz vor Mitternacht durfte ich gehen. Der Regisseur selbst jagte mich mit einem langen Stecken davon. Meinen Posten und meine linke kleine Zehe hatte ich eingebüßt, aber alles in allem war es doch ein recht hübsches Erlebnis.

Morris Kalaniot hatte geendet. Abermals richtete er den Blick angstvoll zu seiner Wohnung empor:
»Gestern nacht«, flüsterte er, »habe ich wieder von ihnen geträumt. Daß sie mich holen kämen. Und sie sind wirklich gekommen. ›Er braucht dich noch einmal!‹ brüllten sie schon an der Tür. Eine der Einstellungen – ich weiß nicht, ob von gestern oder vorgestern, mein Zeitgefühl funktionierte nicht mehr richtig –, jedenfalls: eine der Aufnahmen mußte wiederholt werden. Wir Filmleute nennen das Pech. Aber ich wollte nicht mehr. Ich konnte nicht mehr. Ich versteckte mich unterm Bett und schickte meine Frau hinaus. Sie sagte den beiden Gorillas, ich hätte die Anstrengungen nicht ausgehalten und wäre heute nacht gestorben. ›Macht nichts‹, lautete die Antwort. ›Wir drehen sowieso ohne Ton. Man muß ihn nur im Hintergrund sehen. Dort binden wir ihn schon irgendwie an. Wo ist die Leiche?‹ Als ich das hörte, schwang ich mich aus dem Fenster und ließ mich an der Dachrinne auf Ihren Balkon hinunter. Retten Sie mich! Um Himmels willen, retten Sie mich! Die beiden Gorillas durchsuchen das Haus nach mir!«
Er hielt inne und lauschte in schreckensbleicher Anspannung. Aus dem Stiegenhaus hörte man schwere Schritte, die sich langsam näherten . . .
Morris Kalaniot hat sich übrigens niemals im Film gesehen. Seine Szene wurde herausgeschnitten.

Die nachfolgende Geschichte widme ich einem Bewohner der titelreichen Stadt Wien, Herrn Kammerschriftsteller Hofrat Prof. Dr. Friedrich Torberg, meinem Freund und Übersetzer.

Wiener Titelwalzer

Kaum war unser Flugzeug auf dem Wiener Flughafen zum Stillstand gekommen, als über den Lautsprecher die folgenden Worte hörbar wurden:

»Professor Kishon wird höflich gebeten, sich beim Informationsschalter melden zu wollen. Vielen Dank im voraus.«

Während der Zollformalitäten erklang die einladende Stimme zum zweiten Mal:

»Herr Doktor Kishon wird beim Ausgang erwartet. Wir bitten Herrn Professor Doktor Kishon zum Ausgang. Danke schön.«

Ich habe für öffentliche Scherze solcher Art keine Verwendung und gab das den Herren am Empfangskomitee, die mich am Ausgang erwarteten, sofort zu verstehen:

»Fein, daß ihr da seid, Jungens!« sagte ich ungezwungen. »Übrigens bin ich weder Professor noch Doktor.«

»Gewiß, gewiß.« Der Führer der Delegation, ein vornehmer Gentleman-Typ mit grauen Schläfen, nickte verständnisvoll. »Darf ich Sie jetzt mit meinen Assistenten bekannt machen, lieber Professor . . .« Damit begann er, meine tapfere kleine Frau und mich die Empfangsreihe entlang zu führen, die sich mittlerweile mit lässiger Eleganz formiert hatte:

»Doktor Kishon, das ist Hofrat Professor Manfred Was-

serlauf ... Gestatten Sie, Professor Kishon, daß ich Ihnen Herrn Kommerzialrat Professor Doktor Steinach-Irdning vorstelle ... und hier, Professor Kishon, ist unser Stadtverkehrsexperte, Parkrat Doktor Willy ...«
Dr. Willy war, wie sich alsbald herausstellte, der Fahrer unseres Wagens, präsentierte sich aber wie alle anderen in dunklem Anzug mit silbergrauer Krawatte. Er grüßte uns mit einer untadeligen Verbeugung, ehe er sich über die Hand meiner errötenden Ehefrau neigte und seinem wohltönenden »Küß die Hand, Gnädigste« die dazugehörige Aktion folgen ließ.
»Die sind meschugge«, raunte ich meiner Gefährtin zu. »Das kann doch unmöglich ernst gemeint sein.«
»Sie irren«, äußerte Kommerzialrat Prof. Dr. Steinach-Irdning in fließendem Hebräisch. »So macht man das hier in Wien. Daran werden Sie sich während Ihres Aufenthaltes gewöhnen müssen.«
Während der Fahrt ins Hotel brachte er noch ein wenig gedämpftes Licht in die Sachlage.
»Eigentlich heiße ich Stein«, sagte er. »Mosche Stein. Ich bin vor drei Jahren in einer geschäftlichen Angelegenheit aus Israel hergekommen. Auch ich habe anfänglich immer widersprochen, wenn man mich Professor nannte. Aber nach einiger Zeit gab ich nach. Es war sinnlos. Später fügte ich meinem Namen der Einfachheit halber ein ›ach-Irdning‹ an, und zum Geburtstag bekam ich von meinem Schwager, der im Rathaus arbeitet, den Doktortitel.«
»Aber Sie sind doch auch Kommerzialrat, nicht?«
»Natürlich. Ich habe im Stadtzentrum ein kleines Textilgeschäft aufgemacht.«

Wie der einstige Mosche Stein uns weiter belehrte, bestand seit dem Tag, an dem Österreichs barocke Feudalmonarchie sich in eine gemäßigte demokratische Republik verwandelt hatte, unter den Einwohnern des Landes eine unstillbare Sehnsucht nach den klingenden Titeln der verklungenen Zeit.

»Hierzulande gibt es zum Beispiel keine Briefträger, sondern Postoberoffiziale«, erklärte uns der Kommerzialrat Professor Doktor. »Keine Kellner, sondern Ober. Keine Beamten, sondern Kanzleiräte. Und jeder führt außer seinem Amtstitel noch mindestens einen Doktor oder einen Professor.«

»Und wo sind diese Titel erhältlich?«

»Es gibt mehrere Quellen. Ganz am Anfang wurde der Professortitel vom Staatspräsidenten verliehen, auf Grund der Empfehlung einer öffentlichen Körperschaft oder einer der beiden Koalitionsparteien. Später begannen die Bürgermeister der größeren Städte auf eigene Rechnung Doktorate zu verteilen. Und heute gibt es auf der Kärntnerstraße bereits eine Buchhandlung, wo man ohne große Mühe den Titel eines Privatkonsulenten für Literatur erwerben kann.«

»Aber diese Titel werden doch vollkommen wertlos, wenn jeder sie trägt! Ist Ihnen das noch nicht aufgefallen, lieber Herr?«

»Damit mögen Sie nicht ganz unrecht haben. Trotzdem darf ich Sie bitten, mich mit Professor anzureden.«

Im Hotel angelangt, füllte ich den Meldezettel aus. Der Amtierende Verwaltungsrat für Hotelangelegenheiten, in manchen rückständigen Ländern »Portier« genannt, nahm mir das Formular aus der Hand, streifte mich mit einem tadelnden Blick und schrieb »Professor« vor meinen Namen. Nachdem er die ebenso vorsorglich wie nonchalant hingehaltene Hand meiner Gemahlin geküßt hatte, wies er uns zum Lift.

»Pardon, Exzellenz – in welches Stockwerk?« fragte der Liftboy.

»Dritter Stock, Professor.«

Wir glaubten bereits annähernd im Bilde zu sein, aber gleich darauf unterlief mir ein schwerer Schnitzer. Als wir wieder in die Halle zurückkamen, traten wir auf eines der wartenden Mitglieder des Empfangskomitees zu:

»Gestatten Sie, Professor«, sagte ich, auf meine Gattin deutend, »daß ich Sie mit meinem persönlichen Sekretariatsvorstand bekannt mache.«

Zu meiner Überraschung ließ es der Angesprochene bei einem sehr flüchtigen Handkuß bewenden und wandte sich sichtlich verärgert ab.

Empfangsrat Stein, der die kleine Szene bemerkt hatte, eilte herbei:

»Haben Sie den Herrn vielleicht mit Professor angesprochen?« fragte er aufgeregt.

»Ja.«

»Um Himmels willen! Damit haben Sie ihn tödlich beleidigt.«

»Aber wieso?«

»Weil er wirklich ein Professor ist . . .«

Offenbar hatten wir uns zu rasch an den österreichischen Lebensstil gewöhnt und gar nicht mehr bedacht, daß es irgendwo noch Menschen geben könnte, die an Universitäten lehrten und wirkliche Professoren waren.

»Wie hätte ich ihn denn anreden sollen?« erkundigte ich mich zaghaft.
»Mindestens mit Hofrat Universitätsprofessor Privatdozent Doktordoktor. Das ist das absolute Minimum.«
Ich begab mich sofort zu dem von mir so schwer Getroffenen zurück und verbeugte mich:
»Hochverehrter Herr Hofrat Universitätsprofessor Privatdozent Doktordoktor – wie geht es Ihnen?«
»In Ordnung«, nickte der Angesprochene, und seine Stimme lockerte sich wohlwollend. »Danke, Professor. Sie sind offenbar erst vor kurzem hier angekommen, wie?«
»Allerdings, Herr Hofrat Universitätsprofessor Privatdozent Doktordoktor . . .«
Jetzt hatte ich den richtigen Ton heraus. Es war ein wenig ermüdend, aber nicht ohne Reiz, und ich begann zu verstehen, warum die Österreicher heute um so viel glücklicher sind als vor dem Krieg. Nach zwei Tagen ertappte ich mich bei deutlichen Gefühlen der Abneigung gegen Leute, die mir meinen Doktor- oder Professortitel verweigerten. Jedem das Seine, wenn ich bitten darf. Auch meine Ehefrau, die beste von allen, machte sich's zur Gewohnheit, wann immer das Gespräch auf mich kam, ein unauffälliges »mein Mann, der Oberliteraturrat« einzuflechten. Ich nannte sie dafür »Doktorin der Musikologie« (sie spielt ein wenig Klavier).
Titel haben etwas für sich, es läßt sich nicht leugnen. Man sitzt beispielsweise in der Hotelhalle, sieht einen sehr jungen Professor in Liftboykleidung mit einer Namenstafel herankommen und hört ihn rufen: »Professor Doktor Ephraim Kishon zum Telefon, bitte!« Da-

gegen ist nichts einzuwenden. Man läßt ihn mehrmals die ganze Hotelhalle durcheilen und freut sich des Rufs. Wenn man gerade Lust hat, kann man sich auch selbst anrufen, damit man ausgerufen wird.
Kein Wunder, daß uns beinahe das Herz brach, als wir die gastliche Hauptstadt der Republik Österreich verlassen mußten.
»Professor«, sagte meine Frau, während wir in die El-Al-Maschine kletterten, »hier war es wirklich schön.«
»Wunderschön, Frau Doktor«, sagte ich und küßte ihr die Hand.
»Küß die Hand.«
Über dem Mittelmeer verfiel ich in einen tiefen, levantinischen Schlummer. Im Traum erschien mir die erlauchte Gestalt des Kaisers Franz Joseph I. in strahlender, ordengeschmückter Uniform.
»Majestät«, stotterte ich erschauernd. »Kaiserlich-Königlich Apostolische Majestät . . . Allergnädigster Herr . . .«
»Laß den Unsinn«, unterbrach mich der Gesalbte. »Sag Franzl zu mir.«

Das Bedürfnis, die Menschheit zu retten, notfalls auch gegen ihren Willen, ist eine typisch jüdische Eigenschaft. Besonders deutlich trat sie bei einem Rabbinerssohn aus Trier hervor, der unter dem Namen Karl Marx bekannt wurde. Er träumte von der Gleichheit aller Menschen, von klassenloser Gesellschaft, von Produktion ohne Ausbeutung und von anderen schönen Dingen, die sich als praktisch undurchführbar erwiesen haben – abgesehen von einigen Ausnahmen in Galiläa und im Negev.

Eine historische Begegnung

Unlängst hatte ich in Haifa zu tun und machte auf der Rückfahrt in einem Einkehrgasthaus halt, um einen kleinen Imbiß zu nehmen. Am Nebentisch sah ich einen älteren Juden in kurzen Khakihosen sitzen. Ein nicht alltäglicher, aber noch kein besonders aufregender Anblick. Erst der buschige graue Vollbart machte mich stutzig. Überhaupt kam mir die ganze Erscheinung sonderbar bekannt vor. Immer sonderbarer, immer bekannter. Wäre es möglich . . .?

»Entschuldigen Sie.« Ich trat an seinen Tisch. »Sind wir einander nicht irgendwo begegnet?«

»Kann sein«, antwortete der ältere Jude in den kurzen Khakihosen. »Wahrscheinlich bei irgendeinem ideologischen Seminar. Da stößt man manchmal auf mich. Mein Name ist Marx. Karl Marx.«

»Doch nicht . . . also doch! Der Vater des Marxismus?«

Das Gesicht des Alten leuchtete auf:

»Sie kennen mich?« fragte er errötend. »Ich dachte schon, daß mich alle vergessen hätten.«
»Vergessen? Aber keine Spur! Proletarier aller Länder, vereinigt euch!«
»Wie bitte?«
»Ich meine – wissen Sie nicht – Proletarier ...«
»Ach ja, richtig. Irgend so etwas habe ich einmal ... ja, ich erinnere mich. Kam damals bei den Massen ganz gut an. Aber das ist schon lange her. Nehmen Sie Platz.«
Ich setzte mich zu Karl Marx. Vor Jahren, drüben in der alten Heimat, hatte ich ihn studiert. Besonders gut wußte ich über den »Zyklen-Charakter ökonomischer Krisen« und über das »Ende des Monopolkapitalismus« Bescheid. Es war ein unverhofftes Erlebnis, dem Schöpfer dieser großartigen Theorien jetzt persönlich zu begegnen. Er sah zerknittert und verfallen aus, viel älter, als es seinen 130 Jahren entsprochen hätte. Ich wollte etwas zur Hebung seiner Laune tun.
»Vorige Woche war in der Wochenschau Ihr Bild zu sehen«, sagte ich.
»Ja, man hat mir davon erzählt. In China, nicht wahr?«
»Beim Maiaufmarsch in Peking. Mindestens eine halbe Million Menschen. Sie trugen große Bilder von Ihnen und Mao Tse-tung.«
»Mao ist ein netter Junge«, nickte mein Gegenüber. »Vor ein paar Wochen hat er mir sein Foto geschickt.«
Behutsam holte der Patriarch ein Foto in Postkartenformat hervor. Es zeigte Maos Kopf und eine handschriftliche Widmung: »Lekowed mein groissen Rebbe, Chawer Karl Marx, mit groisser Achting – Mao.«
»Schade, daß ich nicht chinesisch verstehe«, sagte Marx,

während er das Bild wieder in die Tasche steckte. »Mit den Chinesen ist alles in Ordnung. Aber die anderen...«

»Sie meinen die Russen?«

»Bitte den Namen dieser Leute in meiner Gegenwart nicht zu erwähnen! Sie sind meine bitterste Enttäuschung, ›Pioniere der Weltrevolution‹ – daß ich nicht lache! Über kurz oder lang wird man sie von den Amerikanern nicht mehr unterscheiden können.«

»Meister«, wagte ich zu widersprechen. »Sie haben doch selbst in Ihrem ›Kommunistischen Manifest‹ das Verschwinden aller nationalen Gegensätze als eines der Endziele der gesellschaftlichen Entwicklung bezeichnet.«

»Ich? Das hätte ich gesagt?«

»Jawohl, Sie. Ganz deutlich. Das Endziel der gesellschaftlichen Entwicklung ist –«

»Eben. Das Endziel. Aber die Entwicklung steht ja erst am Anfang. Zuerst muß man die Kapitalisten mit allen Mitteln bekämpfen und vernichten.«

»Und was ist mit der friedlichen Koexistenz?«

»Gibt's nicht. Von friedlicher Koexistenz habe ich niemals gesprochen, das weiß ich zufällig ganz genau. Muß eine Erfindung der Kreml-Banditen sein. Die wollen den Kapitalismus dadurch überwinden, daß sie mehr Fernsehapparate erzeugen. Mao hat ganz recht. In Moskau weiß man nicht mehr, was Marxismus ist.«

»Und das Moskauer Marx-Lenin-Institut?«

»Ein Schwindel. Dort lesen sie Gedichte über die Schönheit von Mütterchen Rußland. Als ein Student einmal fragte, wie der Sturz des kapitalistischen Systems schließlich zustande kommen würde, antwortete ihm der Instruktor: durch die Einkommenssteuer!«

»Vielleicht ist das gar nicht so falsch.«
»Und der Klassenkampf? Und die Diktatur des Proletariats? Warum ist man von alledem abgekommen? Es ist eine Schande.«
»Trotzdem wurden einige Ihrer Ideen verwirklicht«, versuchte ich den alten Herrn zu trösten. »Die Menschheit macht Fortschritte.«
»Darauf kommt es nicht an! Das ist purer Revisionismus! Nur die Chinesen wissen, um was es geht. Die werden der Welt den Kommunismus schon beibringen. Die werden Proletarier aus euch machen, daß euch eure eigenen Mütter nicht mehr erkennen.«
»Das wird noch einige Zeit dauern.«
»Die haben Zeit genug. Zeit und 700 Millionen Menschen. 700 Millionen Marxisten. 700 Millionen Beweise für meine im ›Dialektischen Materialismus‹ aufgestellte These, daß der Umschlag der Quantität in Qualität ... einerseits durch den ideologischen Überbau ... andererseits durch den ökonomischen Unterbau ... regulative Funktion ... offen gestanden: mir ist niemals klargeworden, was ich da sagen wollte. Aber die Chinesen haben die Atombombe. Das ist die Hauptsache.«
Er erhob sich ein wenig mühsam und wandte sich zum Gehen:
»Ich muß zu meinem Kibbuz zurück. Man hat mir dort eine leichte Arbeit in der Hühnerfarm zugewiesen. Die Mapam[1] benimmt sich überhaupt ganz anständig. Ja, ja. Das ist alles, was von mir übriggeblieben ist: die Chinesen und die Mapam. Gut Schabbes!«

[1] Eine linke Absplitterung der »Mapai«.

Eine Industrie, die blühen und gedeihen will, braucht ein großes Reservoir organisierter, tüchtiger, geschickter, fachkundiger, leistungsfähiger Arbeitskräfte. Die wichtigste von allen diesen Qualitäten ist die zuerst genannte. Das zeigt sich auch bei uns in Israel, dem Land der mächtigen Gewerkschaften. Jeder israelische Industrielle weiß, daß es zu seinen vornehmsten Pflichten gehört, mindestens einmal vierteljährlich seinen Arbeitern einen halbwegs brauchbaren Vorwand für einen Streik zu liefern. Verstößt er gegen diese Pflicht, dann gibt es nur noch eins: streiken.

Warum Israels Kork bei Nacht hergestellt wird

Die »Israelische Kork G.m.b.H.«, erst vor wenigen Jahren gegründet, zählt heute zu den erfolgreichsten Unternehmungen unseres prosperierenden Wirtschaftslebens. Sie deckt nicht nur den heimischen Korkbedarf, sondern hat beispielsweise auch in Zypern Fuß gefaßt und den dortigen Markt erobert. Gewiß, die Firma erfreut sich besonderen Entgegenkommens seitens der israelischen Behörden und erhält für jeden Export-Dollar eine Subvention von 165%. Aber man muß bedenken, daß die von ihr verwendeten Rohmaterialien aus der Schweiz kommen und die von ihr beschäftigten Arbeiter aus der Gewerkschaft. Jedenfalls gilt die »Israeli Kork« als ein hervorragend geführtes und höchst rentables Unternehmen, dessen Gewinne sich noch ganz gewaltig steigern werden, wenn wir erst einmal den lang ersehnten Anschluß an die Europäische Wirtschafts-Gemeinschaft gefunden haben.

Der Beginn der Krise steht auf den Tag genau fest. Es war der 27. September.
An diesem Tag ließ Herr Steiner, der Gründer der Gesellschaft und Vorsitzender des Verwaltungsrats, den von der Gewerkschaft eingesetzten Betriebsobmann rufen, einen gewissen Joseph Ginzberg, und sprach zu ihm wie folgt:
»Die Fabrikanlage ist in der Nacht vollkommen unbeaufsichtigt, Ginzberg. Eigentlich ein Wunder, daß sie noch nicht ausgeraubt wurde. Es fällt zwar nicht in Ihre Kompetenz, aber der Ordnung halber teile ich Ihnen mit, daß wir beschlossen haben, einen Nachtwächter anzustellen.«
»Wieso fällt das nicht in meine Kompetenz?« fragte Joseph Ginzberg. »Natürlich fällt das in meine Kompetenz, Steiner. Der Betriebsrat muß ja eine solche Maßnahme erst bewilligen.«
»Ich brauche keine Bewilligung von Ihnen, Ginzberg«, sagte Steiner. »Aber wenn Sie Wert darauf legen – bitte sehr.«
Die Kontroverse erwies sich als überflüssig. Der Betriebsrat bewilligte ohne Gegenstimme die Einstellung eines älteren Fabrikarbeiters namens Trebitsch als Nachtwächter, vorausgesetzt, daß er eine angemessene Nachtzulage bekäme und ein Drittel seines Gehalts steuerfrei, da sollen die Zeitungen schreiben, was sie wollen. Der Verwaltungsrat ging auf diese Bedingungen ein, und der alte Trebitsch begann seine Nachtwache.

Am nächsten Tag erschien er beim Betriebsobmann: »Ginzberg«, sagte er, »ich habe Angst. Wenn ich die ganze Nacht so allein bin, habe ich Angst.«
Der Betriebsobmann verständigte unverzüglich den Firmeninhaber, der prompt einen neuen Beweis seiner arbeiterfeindlichen Haltung lieferte: er verlangte, daß Trebitsch, wenn er für den Posten eines Nachtwächters zu alt, zu feig oder aus anderen Gründen ungeeignet sei, wieder auf seinen früheren Posten zurückkehre.
Daraufhin bekam er aber von Joseph Ginzberg einiges zu hören:
»Was glauben Sie eigentlich, Steiner? Mit einem Menschen können Sie nicht herumwerfen wie mit einem Stück Kork! Außerdem haben wir für Trebitsch bereits einen neuen Mann eingestellt – und den werden wir nicht wieder wegschicken, nur weil Sie unsozial sind. Im Interesse Ihrer guten Beziehungen zu den Arbeitnehmern lege ich Ihnen dringend nahe, den alten Mann in der Nacht nicht allein zu lassen und einen zweiten Nachtwächter anzustellen.«
Steiners Produktionskosten waren verhältnismäßig niedrig, etwa 30 Piaster pro Kork, und er hatte kein Interesse an einer Verschlechterung des Arbeitsklimas. In der folgenden Nacht saßen in dem kleinen Vorraum, der bei Tag zur Ablage versandbereiter Detaillieferungen diente, zwei Nachtwächter.
Ginzberg erkundigte sich bei Trebitsch, ob jetzt alles in Ordnung wäre.
»So weit, so gut«, antwortete Trebitsch. »Aber wenn wir die ganze Nacht dasitzen, bekommen wir natürlich Hunger. Wir brauchen ein Buffet.«

Diesmal erreichte der Zusammenstoß zwischen Steiner und seinem Betriebsobmann größere Ausmaße. Zur Anstellung einer Köchin und zur Versorgung der beiden Nachtwächter mit Kaffee und heißer Suppe wäre der Verwaltungsrat noch bereit gewesen. Aber daß Ginzberg obendrein die Anstellung eines Elektrikers verlangte, der das Licht am Abend andrehen und bei Morgengrauen abdrehen sollte – das war zuviel.

»Was denn noch alles?!« ereiferte sich Steiner. »Können die beiden Nachtwächter nicht mit einem Lichtschalter umgehen?!«

»Erstens, Steiner, schreien Sie nicht mit mir, weil mich das kaltläßt«, erwiderte Ginzberg mit der für ihn typischen Gelassenheit. »Und zweitens können die beiden Nachtwächter natürlich sehr gut mit einem Lichtschalter umgehen, denn sie sind keine kleinen Kinder. Jedoch! Die In- und Außerbetriebsetzung elektrischer Schaltvorrichtungen stellt eine zusätzliche Arbeitsleistung dar und erscheint geeignet, einer hierfür geschulten Arbeitskraft die Arbeitsstelle vorzuenthalten, Steiner. Wenn die Direktion zwei Nachtwächter beschäftigen will, hat der Betriebsrat nichts dagegen einzuwenden. Aber ein Nachtwächter ist nicht verpflichtet, auch noch als Elektriker zu arbeiten.«

»Ginzberg«, sagte Steiner, »darüber zu entscheiden, ist ausschließlich Sache der Direktion.«

»Steiner«, sagte Ginzberg, »dann müssen wir den Fall vor die Schlichtungskommission bringen.«

Das geschah. Wie zu erwarten, beriefen sich beide Teile auf § 27, Abs. 1, des Kollektivvertrags, der da lautet: ». . . dem Arbeitgeber steht das Recht zu, innerhalb des

Betriebes alle technischen Maßnahmen zu treffen, soweit dadurch keine Veränderung in den Arbeitsbedingungen eintritt.«

»Da haben Sie's«, sagte Ginzberg. »Es tritt eine Veränderung ein, Steiner.«

»Es tritt *keine* Veränderung ein, Ginzberg.«

»Es tritt!«

»Es tritt nicht!«

Nachdem die abwechslungsreiche Auseinandersetzung 36 Stunden gedauert hatte, schlug der Sekretär der zuständigen Gewerkschaft einen Kompromiß vor, der dem Standpunkt der Arbeiterschaft Rechnung trug und zugleich der »Israeli Kork« die Möglichkeit gab, ihr Gesicht zu wahren. Mit anderen Worten: es wurden sowohl eine Köchin für das Nachtbuffet als auch ein hochqualifizierter Elektriker für die Beleuchtung angestellt, aber in Wahrheit würde nicht der Elektriker das Licht an- und abdrehen, sondern die Köchin, wobei dem Elektriker lediglich die technische Oberaufsicht vorbehalten bliebe.

»Es ist«, erklärte der Sekretär nach der feierlichen Unterzeichnung der Vertragsdokumente, »meine aufrichtige Hoffnung und Überzeugung, daß es fortan auf diesem wichtigen Sektor unserer heimischen Industrie zu keinen Mißverständnissen mehr kommen wird, so daß alle aufbauwilligen Kräfte sich künftighin den großen Zielen unserer neuen Wirtschaftspolitik widmen können, der Wachstumsrate unserer Produktion, dem Einfrieren der Gehälter –«

An dieser Stelle wurde er von Ginzberg unterbrochen, und die Zeremonie war beendet.

Die nächsten zwei Tage verliefen ohne Störung.

Am dritten Tag wurde der Obmann des Betriebsrats neuerlich zum Vorsitzenden des Verwaltungsrates gerufen, der ihm ein großes Blatt Papier entgegenschwenkte:

»Was ist *das* schon wieder?!« zischte er. »Was bedeutet das?!«

»Ein Ultimatum«, antwortete Ginzberg. »Warum?«

Das Papier in Steiners Hand enthielt die Forderung der vier Nachtarbeiter, die den rangältesten Nachtwächter Trebitsch zu ihrem Vertreter gewählt hatten. Die wichtigsten Punkte waren:

1. Einstellung eines qualifizierten Portiers, der für die Nachtbelegschaft das Tor zu öffnen und zu schließen hätte;
2. 15%ige Erhöhung jenes Teils der Gehälter, der nicht zur Kenntnis der Steuerbehörde gelangt, wobei die Bilanzverschleierung der Direktion überlassen bliebe.
3. Ankauf eines jungen, kräftigen Wachhundes;
4. Pensionen und Versicherungen;
5. Anschaffung einer ausreichenden Menge von Decken und Matratzen.

Diese Forderungen wurden von ihren Urhebern als »absolutes Minimum« bezeichnet. Für den Fall einer unbefriedigenden Antwort wurden scharfe Gegenmaßnahmen in Aussicht gestellt.

»Ginzberg«, röchelte Steiner, »auf diese Unverschämtheiten gehe ich nicht ein. Lieber schließe ich die Fabrik, mein Ehrenwort.«

»Das wäre eine Aussperrung der kollektivvertraglich geschützten Arbeiter. Das würde die Gewerkschaft nie

zulassen. Und wer sind Sie überhaupt, Steiner, daß Sie uns immer drohen?«
»Wer ich bin?! Der Inhaber dieser Firma bin ich! Ihr Gründer! Ihr Leiter!«
»Über so kindische Bemerkungen kann ich nicht einmal lachen. Die Fabrik gehört denen, die hier arbeiten.«
»Wer arbeitet denn hier? Das nennen Sie arbeiten? Wo uns die Herstellung eines einzigen Flaschenkorks schon 55 Piaster kostet?«
Joseph Ginzberg ging eine Weile im Zimmer auf und ab, ehe er vor Steiner stehenblieb:
»Steiner«, sagte er traurig, »Sie sind entlassen. Holen Sie sich Ihr letztes Monatsgehalt ab und verschwinden Sie ...«
Indessen wartete auf Ginzberg ein harter Rückschlag: die Fachgruppe Korkarbeiter der Gewerkschaft erklärte sich mit Steiners Entlassung nicht einverstanden.
»Genosse Ginzberg«, sagten die Vertrauensmänner gleich zu Beginn der improvisierten Sitzung, »einen Mann, der über eine fünfzehnjährige Erfahrung als Chef verfügt, kann man nicht hinauswerfen, ohne ihm eine größere Abfindung zu zahlen. Deshalb würden wir dir nahelegen, auf den einen oder anderen Punkt des Ultimatums zu verzichten. Wozu, beispielsweise, brauchst du einen jungen Wachhund?«
»Genossen«, antwortete Ginzberg trocken, »ihr seid Knechte des Monopolkapitalismus, Lakaien der herrschenden Klasse und Verräter an den Interessen der Arbeiterschaft. Bei den nächsten Wahlen werdet ihr die Quittung bekommen, Genossen!«
Und er warf dröhnend die Türe hinter sich zu.

Die Gruppe Trebitsch befand sich nun schon seit drei Tagen in passiver Resistenz. Die beiden Nachtwächter machten ihre Runde mit langsamen, schleppenden Schritten, die Köchin kochte die Suppe auf kleiner Flamme und servierte sie mit Teelöffeln. Als es zu Sympathiekundgebungen verwandter Fachgruppen kam und die Brauerei- und Nachtklubarbeiter einen zwei Minuten langen Warnstreik veranstalteten, griff das Zentralkomitee der Gewerkschaft ein. Der Großkapitalist, der diese ganze Entwicklung verursacht hatte, wurde zu einer Besprechung ins Gewerkschaftshaus geladen, wo man ihm zusprach: »Im Grunde geht es ja nur um eine Lappalie, Genosse Steiner. Haben Sie doch ein Herz für den alten Genossen Trebitsch! Erhöhen Sie einen Teil seines Gehalts, ohne daß es die Genossen von der Einkommensteuer erfahren. Matratzen und Decken können Sie aus unserem Ferienfonds haben, für den Portier und den Hund lassen sie vielleicht Gelder aus dem Entwicklungsbudget flüssigmachen. Und was die Pensionen betrifft – bevor die Mitglieder der Gruppe Trebitsch pensionsreif werden, haben Sie sowieso schon alle Eigentumsrechte an Ihrer Fabrik verloren, und das Ganze geht Sie nichts mehr an. Seien Sie vernünftig.«
Steiner blieb hart:
»Nichts zu machen, meine Herren. Schaffen Sie mir die Trebitsch-Bande vom Hals, dann reden wir weiter.«
»Ein letzter Vorschlag zur Güte, Genosse Steiner. Wir erlassen Ihnen den Ankauf eines Wachhundes, wenn Sie einwandfrei nachweisen, daß er überflüssig ist. Aber dazu müßten Sie Ihre gesamte Produktion auf Nachtschicht umstellen.«

So kam es, daß die »Israelische Kork G.m.b.H.« zur Nachtarbeit überging. Die Belegschaft bestand aus einer einzigen Schicht und umfaßte alle sechs Arbeiter, die Sekretärin und Herrn Steiner selbst. Anfangs ergaben sich Überschneidungen mit bestimmten Abendkursen der Volkshochschule oder mit kulturellen Ereignissen, aber die Schwierigkeiten wurden mit Hilfe technischer Verbesserungen und eines langfristigen Regierungsdarlehens überwunden. Es gelang dem Unternehmen sogar, den Preis exportfähiger Korke auf 1 Pfund pro Stück zu fixieren. Die Gemüter beruhigten sich, die Produktion normalisierte sich.

Eines Nachts ließ der Vorsitzende des Verwaltungsrats den Obmann des Betriebsrats kommen und sprach zu ihm wie folgt:

»Die Fabrikanlage ist den ganzen Tag unbeaufsichtigt, Ginzberg. Es fällt zwar nicht in Ihre Kompetenz, aber der Ordnung halber teile ich Ihnen mit, daß wir beschlossen haben, einen Wächter anzustellen . . .«

Zu den vielen Gefahren, die unseren Staat bedrohen, ist neuerdings die Gefahr einer intensiven industriellen Entwicklung hinzugekommen. Wenn einmal eine Woche ohne Eröffnung einer neuen Fabrik vorübergeht, wird die Magengrube unseres Finanzministers von einem quälenden Gefühl der Leere befallen, das nach sofortigen Gegenmaßnahmen verlangt.

Kunst und Wirtschaft

Der Finanzminister: Sonst noch etwas?

Die Ratgeber: Das Unterrichtsministerium wiederholt seinen seit zwei Jahren unerledigten Antrag, dem unter Leitung von Josua Bertini stehenden Kammerorchester eine einmalige Subvention von 75 000 Pfund zu gewähren. In der Antragsbegründung heißt es, wie schon seit zwei Jahren, daß die Tätigkeit dieser Musikvereinigung einen wertvollen Beitrag für das kulturelle Leben unseres Landes leistet und –

Der Finanzminister: Sonst noch etwas? Wenn ich nicht irre, ist hier das Finanzministerium und kein Kulturausschuß.

Die Ratgeber: Das Kammerorchester hat dem Finanzministerium bisher insgesamt sieben Subventionsansuchen unterbreitet.

Der Finanzminister: Meinetwegen können sie noch ein Dutzend unterbreiten. Die scheinen uns für einen Goldesel zu halten, der sich von jeder hergelaufenen Artistentruppe . . . also melken kann man nicht gut sagen, aber jedenfalls läßt. Was bilden die sich eigentlich ein?

Die Ratgeber: Kammermusikalische Darbietungen können erfahrungsgemäß nur mit einem begrenzten Publikum rechnen und sind auf Subventionen angewiesen.
Der Finanzminister: Meine Herren, lassen wir Zahlen sprechen. Wie oft treten die mit ihrer Kammermusik auf? Ich meine: wie viele Vorstellungen geben sie?
Die Ratgeber: Ungefähr 40 im Jahr.
Der Finanzminister: Und wie viele Sitze hat so ein Konzertsaal?
Die Ratgeber: Eine Schnittberechnung der in Betracht kommenden Säle ergibt 483 Sitze. Aber es ist nicht immer ausverkauft.
Der Finanzminister: Danke. So habe ich's mir vorgestellt. 40 mal 483 macht 19320, und davon muß man noch die leeren Sitze abziehen. Für diese kläglichen Ziffern sollen wir eine Subvention flüssigmachen? Außerdem müssen wir schon für die Oper sorgen. Ist dieser Herr Bretoni, oder wie er heißt, einmal auf den Gedanken gekommen, sich mit dem Institut zur Förderung von Produktionsziffern zu beraten?
Die Ratgeber: Wahrscheinlich nicht.
Der Finanzminister: Das dachte ich mir! Es ist ja auch viel leichter und bequemer, zur Regierung zu rennen und eine Subvention zu verlangen, nicht wahr. Nein, meine Herren, so baut man keinen Staat auf. Dieses bankrotte Unternehmen soll gefälligst ein vernünftiges Produktionssystem einführen. Senkung der Kosten bei gleichzeitiger Steigerung des Ausstoßes. Abzüge von den Gehältern, Zuschläge zu den Eintrittskarten. Gestaffelte Provisionen. Und überhaupt. Dann werden sie konkurrenzfähig sein.

Die Ratgeber: Wir möchten darauf hinweisen, daß unser Kammerorchester von Kritikern und Sachverständigen als eines der besten seiner Art bezeichnet wird und internationales Ansehen genießt.

Der Finanzminister: Internationales Ansehen! Wieviel macht das in Pfund? Und was sind das für Fachleute, die nicht wissen, daß ein mit Verlust arbeitendes Unternehmen nicht lebensfähig ist?

Die Ratgeber: Aber vom künstlerischen Standpunkt –

Der Finanzminister: Ich bin kein Künstler, meine Herren, ich bin Volkswirtschaftler. Bitte den nächsten Punkt! Was gibt es sonst noch?

Die Ratgeber: Das Offert eines italienischen Textilfabrikanten, in Israel eine Kunststoffabrik zu errichten.

Der Finanzminister: Großartig! Die erste israelische Kunststoffabrik!

Die Ratgeber: Nicht die erste. Wir haben schon drei.

Der Finanzminister: Dann sollte auch noch Platz für eine vierte sein.

Die Ratgeber: Im vergangenen Monat haben zwei von den drei Fabriken mit einem Gesamtverlust von 4,6 Millionen den Betrieb eingestellt.

Der Finanzminister: Ich bitte Sie, meine Herren! Manche Dinge stehen über der trockenen Statistik.

Die Ratgeber: Wir müssen trotzdem noch einige Zahlen nennen. Der italienische Textilmann verlangt einen Kredit von 9 Millionen, wofür er sich bereit erklärt, 5 Millionen in die Fabrik zu investieren.

Der Finanzminister: Bringt er neue Maschinen?

Die Ratgeber: Es ist anzunehmen.

Der Finanzminister: Große, schöne Maschinen, ja?

Die Ratgeber: Soviel wir wissen, sind sie klein und flach.

Der Finanzminister: Aber sie haben schöne, große Hebel. Sie werden unsere Industrie ankurbeln. Hebräischer Kunststoff wird den Weltmarkt erobern. Mit eingewebtem Staatswappen. Made in Israel. Was ist Kunststoff?

Die Ratgeber: Ein Stoff aus künstlichem Material.

Der Finanzminister: Macht nichts. Sollen wir uns über Details den Kopf zerbrechen, wenn vor unserem geistigen Auge ein Markstein auf unserem Weg zur wirtschaftlichen Unabhängigkeit neue Blüten treibt?

Die Ratgeber: Wozu brauchen wir –

Der Finanzminister: Meine Herren, ich höre vor meinen geistigen Ohren das Summen der Maschinen, wie sie sich in den Produktionsprozeß einschalten, ich sehe Hunderte geschulter Facharbeiter, wie sie –

Die Ratgeber: – zwei Fabriken zusperren –

Der Finanzminister: Und aus den Maschinen strömt in nicht enden wollendem Strom das unvergleichlich zarte Webprodukt, glitzernd und blinkend im Sonnenschein wie ein goldenes Vlies, dessen heller Klang unserer Nation auf dem Weg zu neuen Höhen voranweht ... Kunststoff! Kunststoff!

Die Ratgeber: Aber gleich 9 Millionen Pfund ...

Der Finanzminister: Hören Sie mir mit den ewigen Zahlen auf! Haben Sie denn kein Verständnis für die erhabene Musik, die in dem allen liegt? Neue, zukunftweisende Musik, schöpferische Kunst ...

Die Ratgeber: Vom wirtschaftlichen Standpunkt –

Der Finanzminister: Ich bin kein Volkswirtschaftler, meine Herren, ich bin Künstler.